Michael Frey Dodillet

Herrchen will nur spielen

Michael Frey Dodillet

Herrchen will nur spielen

Aufzeichnungen einer aufmüpfigen Hündin

Garantiert gemüsefrei illustriert
von Nathalie Brink

HEYNE

MIX
Papier aus verantwortungsvollen Quellen
FSC® C017859

Verlagsgruppe Random House FSC-DE ®-N001967
Das für dieses Buch verwendete FSC®-zertifizierte Papier *EOS*
liefert Salzer Papier, St. Pölten, Austria.

2. Auflage

Redaktion: Judith Schwaab
Umschlaggestaltung: Nele Schütz Design, München
Umschlagfoto: pixel memoirs
Illustrationen: Nathalie Brink
Layout: Denise Jäkel
Satz: Greiner & Reichel, Köln
Druck und Bindung: CPI – Moravia Books s. r. o., Pohořelice

ISBN 978-3-453-20016-6

www.heyne.de

Das erste Vorwort

(für Heinz und Trulla)

Wenn wir Hundehalter ein Problem mit unseren Vierbeinern haben, machen wir es uns einfach. Wir gehen zum Hundetrainer. »Hör mal, Krause«, sagen wir dann, »Bruno jagt Kaninchen. Was soll ich tun?« Krause wird bedächtig den Kopf wiegen und eine mehr oder minder alberne Erziehungsmethode aus dem Ärmel schütteln. »Am besten, du schnallst deinem Bruno eine zehn Meter lange Schleppleine ans Halsband«, wird er sagen. »Dann begreift diese Torfnase endlich, dass er sich nur in einem engen Radius um dich herum bewegen darf.«

Daraufhin nerven wir Bruno tagtäglich mit der Schlepp, und Krause schreibt schon mal die Rechnung.

Ein halbes Jahr später, wenn Bruno immer noch Kaninchen jagt und aus Leibeskräften auf seinen engen Radius pfeift, fragt sich der Mensch unweigerlich: Machen unsere Hunde das eigentlich auch so? Holen sie sich auch Rat bei ihresgleichen, wenn sie Probleme mit ihrem Zweibeiner haben? Wenn ihre Halter aus heiterem Himmel verstummen, weil sie plötzlich Speechless Dog Training praktizieren? Oder mit dämlichem Gesichtsausdruck auf einem Knackfrosch klickern? Oder in einer Einwegspritze Eigenurin mit sich führen und alphawolfig Markierungen überpieseln? An wen wenden sich eine geklickerte Emma, ein überpieselter Leo, ein schleppleinengeplagter Bruno?

Natürlich an Fräulein Rottmeier!

Unter diesem Pseudonym betreibt Luna, die Krawallmaus aus *Herrchenjahre*, seit geraumer Zeit einen Kummerkasten für aufmüpfige Hunde, die mit der Erziehung ihrer Menschen nicht mehr zurechtkommen. Nahezu täglich treffen Briefe, E-Mails und – via Hotline für akute Notfälle – auch SMS mit Hilferufen aller Art ein.

Oder zumindest so etwas Ähnliches wie Briefe, E-Mails und SMS. Genau genommen hat der Autor nicht den Hauch einer Ahnung, was das Hunde-Pendant zu einer Menschen-SMS sein könnte. Ein lautes Wuff quer über die Wiese? Ein sparsamer Spritzer ans Bäumchen? Ein Fiepen beim Poppesschnuppern? Heulen nachts im Hof?

Ist auch wurscht jetzt.

Auf jeden Fall gibt es das!

Getreu ihrem Motto *Aufmüpfig werden leicht gemacht* hat das erfahrene Fräulein Rottmeier für jede Problemstellung die passende Lösung. Vor allem, wenn es darum geht, die raffinierten Tricks der Hundetrainer zu torpedieren. Die tragen in diesem wertvollen Ratgeber für zivilen Ungehorsam der Einfachheit halber alle den Namen Krause. Die beteiligten Hundehalter heißen Heinz und Trulla. Das klingt doof, ist aber praktisch. Der Autor wird nicht vor Gericht gezerrt, und der Leser muss sich nicht so viele Namen merken.

Manchmal werden die Halter auch Scheff und die Halterinnen Scheffin genannt. Das allerdings sind Bezeichnungen, mit denen Fräulein Rottmeier als erklärte Anhängerin von flachen Hierarchien überhaupt nichts anfangen kann. Mehr noch: Wenn sie das S-Wort nur hört, kriegt sie schon eine Ganzkörperbürste.

Die Namen der Hunde allerdings sind echt. Emma, Leo, Bruno und all die anderen stehen zu ihrer Aufmüpfigkeit und haben ihr Einverständnis zur Veröffentlichung ihrer Klarnamen gegeben. Ausnahmslos alle! Sollte der ein oder andere Leser Parallelen zum Verhalten seines Hundes entdecken und sich erschüttert fragen, ob der Satansbraten sich etwa auch an Fräulein Rottmeier gewandt hat – ja, hat er!

Garantiert.

Erkrath, im Februar 2012

Das nächste Vorwort

(für Emma, Leo, Bruno und all die anderen)

Ihr habt den Eindruck, euer Heinz oder eure Trulla erkennen euch in der ein oder anderen Passage wieder? Dann sind sie gar nicht so doof, wie ihr immer denkt.

Mit Sicherheit ist damit zu rechnen, dass sie euch bei nächster Gelegenheit beiseitenehmen werden. Sie werden euch tief ins braune Auge schauen, und sie werden fragen: »Hast du etwa mit Fräulein Rottmeier gesprochen?!«

Obacht jetzt! Bloß nicht verschämt beiseiteblicken!
Wenn ihr verschämt beiseiteblickt, wissen sie Bescheid.

Gruß
Rottmeier

Und wieder ein guter Rat aus dem Hause Rottmeier

Das Leben ist zu kurz, um brav zu sein.

Kapitel 1

Drunter, drüber und daheim

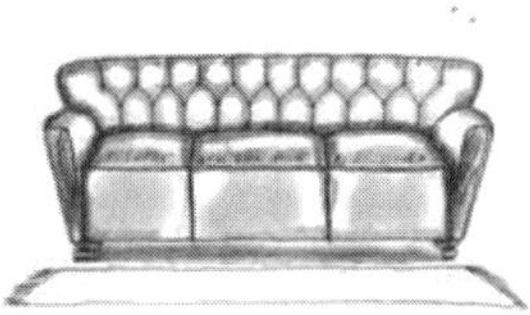

»Bleibe einfach du selbst und verursache Kosten!«
Rottmeier

Gelebter Naturschutz

Liebes Fräulein Rottmeier,
ich schüttle mich lieber drinnen als draußen.
Ist das in Ordnung? Danke für eine schnelle Antwort.

Balou (Briard)

Sehr geehrter Balou,
natürlich ist das in Ordnung. Mehr noch: Es ist vorbildlich! Mit dem Fellausschütteln zu warten, bis man wieder im Haus oder wenigstens im Kofferraum des Trulla-Fahrzeugs ist, schont die Umwelt. Käfer, Larven und viele weitere kleine Insekten, die wertvoll sind für das Gleichgewicht der Natur, könnten durch umherfliegende Tropfen oder Schlammbrocken schwer verletzt werden.

Mit solidarischem Gruß
Rottmeier

Manolo Blahnik

Liebes Fräulein Rottmeier,
mein Labbikumpel und ich wollten fragen, was wir denn daheim außer Schnürsenkeln und Rinderkopfhaut am besten zerkauen können. Es soll ja allen Freude machen. Auch der Trulla und dem Heinz.

Herzliche Grüße
Wuschel

Mahlzeit, ihr Anfänger,
ihr sollt Wertsachen kauen! Wie oft muss ich das denn noch sagen? Schuhbändel, Trockensnacks oder was immer ihr für wertvoll haltet – alles Kinderkram. Überlegt euch doch einfach mal, was Wertsachen aus Trullasicht sein könnten. Ich meine, die überschüttet euch mit Kost und Logis, Fellpflege und Heititei, da ist es doch nicht zu viel verlangt, wenn ihr euch ein bisschen Mühe gebt und euch in sie hineinversetzt, oder?
Also, kaut keine Schuhbändel, sondern schnappt euch gleich den Mid-Heel KneeBoot von Manolo Blahnik. Den erwerben Trullas online bei Neiman Marcus für 1295 $. Umgerechnet sind das rund 1000 €. Oder falls dein Labbi diese Sprache besser versteht: 20,792 Fünfzehnkilosäcke Trockenfutter! Mahlzeiten für 1386,16 Tage. Das versteht man unter einer Wertsache, ihr Ottos!!!
Merke: nicht das Taschenbuch, sondern die antiquarische Erstausgabe. Nicht die Fernsehzeitschrift, sondern die Fernbedienung. Nicht das Altpapier, sondern die Tagespost. Nicht die leere Windel auf den Fliesen, sondern die volle auf dem Perser.

Danke fürs Mitdenken und Gruß
Rottmeier

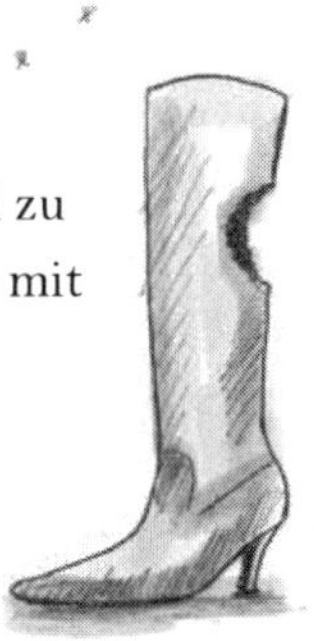

Und hört um Himmels willen auf, billige Fahrradschlüssel zu schreddern. Nehmt den 350-Euro-Blip* von Heinz' Cabrio mit dem integrierten Keyless-Entry-Chip.

* Achtung! Enthält verschluckbare Kleinteile! Für Labbis unter drei Jahren nicht geeignet.

Seufzender Klops

Liebes Fräun Rottmeier,
ich bin a Bernhardiner, wiag 125 Pfund und hob des Gfui, dass i mei Körpermassen ned gscheit ausschpuil. Habt's ihr da Vorschläge?

Pfüat di
Der Schorsch

Lieber Schorsch,
dir und allen anderen Kollegen mit elefantösen Ausmaßen empfehle ich die Yoga-Übung *Seufzender Klops, der die Flügel streckt.* Sie hilft dabei, ein besseres Gefühl für den Körper zu bekommen. Vorausgesetzt, sie wird zur Küchen-Rushhour in engen Durchgängen angewandt oder zu Grillzeiten quer vor der Terrassentür.

Und so wird's gemacht:

- beliebteste Rennstrecke der Wohnung als Ruheplatz wählen
- ganz lang ausstrecken
- Kopf zwischen den Vorderpfoten platzieren
- auf entspannende Zwerchfellatmung umschalten
- Ruhepuls durch gelegentliches Seufzen stabilisieren

Optimale Trainingseffekte werden bei maximaler Bewegungslosigkeit erzielt. Bewegung ist nur in zwei Fällen erlaubt:

Erstens: Es wird abrupt der Kopf angehoben, wenn die Trulla den Übenden mit einem Tablett, auf dem mehr als drei Porzellanteile abgestellt sind, übersteigt. Vorsicht bei Kaffeekränzchen! Heiße Flüssigkeiten!

Zweitens: Spontanes Aufspringen ist Pflicht, wenn Heinz das Grillgut – egal ob roh oder gegart – über den Übenden hinweg transportiert.

Obacht! Sowohl bei *Erstens* als auch bei *Zweitens* werden Heinz und Trulla lang hinschlagen. Es ist also mit infernalischem Krach zu rechnen. Hunde, die wissen, dass sie schussfest sind, tun sich bei dieser Übung leichter. Während des anschließenden Tohuwabohus gilt: Alles, was auf dem Boden liegt, gehört dem Hund. AUS? Kenn ich nicht, will ich nicht, mach ich nicht.

Gruß
Rottmeier

Und wieder ein guter Rat aus dem Hause Rottmeier

»Stark verschmutzte Schnauze und Pfoten grundsätzlich an hellen Textilien* abputzen, damit Heinz und Trulla sofort bemerken, wie gründlich man Körperpflege betreibt.«

* Sitzgruppe, Hose, Teppich, Vorhang, Autopolster

Das Schweigen der Emma

Hallo Fräulein Rottmeier ich heiße Emma und bin eine Chihuahua und sehr schüchtern und ich finde ich müsste zu Hause viel mehr bellen weil alle Chihuahuas viel bellen weil wir ursprünglich aus Mexiko stammen und weil da die Musik immer so laut ist. Also meine beste Freundin heißt Tiffi und die rastet immer aus wenn einer an der Tür klingelt oder das Telefon schellt oder ein Löffel runterfällt oder draußen im Garten eine Gießkanne scheppert und genauso möchte ich auch werden weil ich finde dass Tiffi das ganz prima macht. Mein Problem ist wie gesagt dass ich total schüchtern bin und manchmal minutenlang keinen Ton rausbringe obwohl ich mich total anstrenge also ich glaube wenigstens dass ich keinen Ton rausbringe in Wirklichkeit kommt da schon was. Meine Trulla ist jedenfalls ziemlich genervt davon aber ich finde das liegt nur an ihrer schlechten Tagesform die hat es wahrscheinlich mit den Nerven ich finde ich müsste viel lauter und ausdauernder sein weil ich eine Chihuahua bin von echtem Schrot und Korn auch wenn wir nicht in Mexiko wohnen sondern in Waiblingen. Meine Frage lautet nun wie schaffe ich es bei jedem kleinsten Geräusch in die Luft zu gehen wie ein mittelkleiner Chinakracher und für die nächste halbe Stunde allen im Viertel Bescheid zu sagen dass sich da draußen im Vorgarten eine Schnecke bewegt hat oder ein Salamander oder ein bis zwei Kirschen vom Baum gefallen sind mein Gott das muss doch jeder wissen man muss doch vorbereitet sein auf solche Naturkatastrophen im Voraus schon mal vielen Dank und mit freundlichen Grüßen Ihre Emma oder darf ich DU sagen?

Liebe Emma,
wenn ich bedenke, wie viele Worte du wegen nichts machst, bin ich zuversichtlich. Du bist auf einem guten Weg.

Weiter so!
Rottmeier

Hilfe! Hausleine!

WIKI AN 0170-ROTTMEIER | 31.07.2011 16:25
Hi! Wiki hier, Halbjackrussell. Die versauen mir gerade mein Hobby mit einer Hausleine. Hilfe!

0170-ROTTMEIER AN WIKI | 31.07.2011 16:29
Wer sind »die«? Was ist dein Hobby? Gruß Rott

WIKI AN 0170-ROTTMEIER | 31.07.2011 16:32
»Die« sind Heinz, Trulla und die neue Krause. Mein Hobby ist »Sachenmopsen, Indieeckeverziehen und Nichtwiederhergeben«.

0170-ROTTMEIER AN WIKI | 31.07.2011 16:35
Fletschst du die Zähne? Knurrst du? Gehst du nach vorn? Bist du konsequent? Gewinnst du?

WIKI AN 0170-ROTTMEIER | 31.07.2011 16:36
Immer!

0170-ROTTMEIER AN WIKI | 31.07.2011 16:40
Okay. Wie lang ist die Hausleine?

WIKI AN 0170-ROTTMEIER | 31.07.2011 16:41
Knapp einen Meter. Daran zuppeln sie mich immer aus meiner Verteidigungsecke. Fühle mich nur in der Ecke sicher. Sobald ich raus bin, lasse ich die Beute los.

0170-ROTTMEIER AN WIKI | 31.07.2011 16:43
Ein Meter ist zu kurz. Mach die Leine zur Beute. Schnapp dir das Ende, kau darauf herum, bewache es. Dann ist Schluss mit Rausziehen.

WIKI AN 0170-ROTTMEIER | 03.08.2011 10:21
Hat zwei Tage funktioniert. Leine jetzt dreifuffzig lang. Finde das Ende nicht mehr. :o(

0170-ROTTMEIER AN WIKI | 03.08.2011 10:28
Nicht aufgeben! Das Ende ist nah. Such es. Setz dich drauf. Kauen. Knurren. Ohren steifhalten.

WIKI AN 0170-ROTTMEIER | 06.08.2011 21:12
Klappt! Danke!

WIKI AN 0170-ROTTMEIER | 08.08.2011 19:31
Klappt immer noch. :o)

WIKI AN 0170-ROTTMEIER | 10. 08. 2011 08:54
Aua! Leinekauen unmöglich. Die haben Tartex draufgeschmiert.

0170-ROTTMEIER AN WIKI | 10. 08. 2011 09:02
Wiki!!! Tartex ist zwar ein fieser, vegetarischer Brotaufstrich, sollte aber für einen harten Hund wie dich kein Problem darstellen.

WIKI AN 0170-ROTTMEIER | 10. 08. 2011 09:14
Es brennt aber so!!

0170-ROTTMEIER AN WIKI | 10. 08. 2011 09:17
Tartex brennt nicht. Bist du ein Mann oder ein Mürbchen?!!!

WIKI AN 0170-ROTTMEIER | 10. 08. 2011 09:33
Sorry, habe mich vertan. Es heißt nicht Tartex, sondern Tabasco.

0170-ROTTMEIER AN WIKI | 10.08.2011 09:40
Ups!

WIKI AN 0170-ROTTMEIER | 10.08.2011 09:42
Unjetz?

0170-ROTTMEIER AN WIKI | 10.08.2011 09:50
Vergiss dein Hobby. Hiss die weiße Flagge. Ratlos, Rottmeier.

0170-ROTTMEIER AN WIKI | 20.09.2011 11:10
Wie waren die letzten sechs Wochen? Aufgegeben?

WIKI AN 0170-ROTTMEIER | 20.09.2011 11:22
Nö.

0170-ROTTMEIER AN WIKI | 20.09.2011 11:23
Sondern?

WIKI AN 0170-ROTTMEIER | 20.09.2011 11:31
Sachenmopsen, Indieeckeverziehen und Nichtwiederhergeben nur noch, wenn sie die Hausleine vergessen haben. Im Schnitt alle 14 Tage. Dann aber richtig.

0170-ROTTMEIER AN WIKI | 20.09.2011 11:35
Respekt, Kollege!

Homöopathie und Sockenschuss

Liebes Fräulein Rottmeier,
neulich habe ich unsere homöopathische Hausapotheke vollständig zerlegt, weil unser Kater so gerne die weißen Kügelchen über die Fliesen kullern lässt. Bei der Aktion haben wir bestimmt 300 Gramm von diesen leckeren Globuli verschluckt. Ist das bedenklich?

Liebe Grüße
Bibi, die Rottweilerin

Hallo, Bibi,
das ist extrem bedenklich!!! Ich würde sofort eine Tierklinik aufsuchen und mich medikamentös behandeln lassen. Rottweilerinnen, die mit Katzen spielen, haben einen Sockenschuss.

Kopfschüttelnd
Rottmeier

Didi sucht ein neues Zuhause

Hi, Rotti,
ich bin ein Drecksack, sehe aber zuckersüß aus. Morgen holt mich meine neue Trulla aus dem Tierheim ab. Wie verhalte ich mich?

Freiheit für alle!
Didi

Hallo, Didi,
das Zauberwort heißt Probezeit. Bleib, wie du bist, aber lass erst nach einem halben Jahr die volle Sau raus.

Gruß
Fräulein Rottmeier
(so viel Zeit muss sein!)

Trulla sucht ein neues Zuhause

Hi, Fräulein Rottmeier,
ich noch mal, der Drecksack. Danke für den Tipp. Alles läuft super. Ich habe das Haus im Griff. Trulla geht nur dahin, wo ich will. Heinz ist etwas bockig. Den muss man erst ordentlich in die Hand zwicken. Jetzt gehört seine Bettseite aber mir. In den Garten traut sich keiner mehr. Im Wald kann ich machen, was ich will. Das Essen ist spitze.

Alles Gute
Dein Didi

PS: Beide riechen seit gestern ein bisschen nach Tierheim. Was hat das zu bedeuten? Holen die noch meinen Kumpel hierher?

Himmelarschundzwirn Didi,
wenn ich ein halbes Jahr sage, meine ich ein halbes Jahr und nicht einen halben Tag. Die waren höchstens im Tierheim, um sich nach den Rückgabemodalitäten zu erkundigen, aber garantiert nicht, um sich einen weiteren Vollidioten wie dich ans Bein zu binden.

Du hast den Bogen total überspannt, mein Lieber. Ob da noch was zu retten ist, kann ich nicht sagen. Auf jeden Fall solltest du ab sofort drei Wochen lang das Notprogramm fahren.

1. Betteln einstellen
2. Bett freigeben
3. Respektvoll spazieren gehen
4. Auf Trulla hören
5. ggf. Heinz im Garten helfen

Falls sie dich behalten, hier noch ein Tipp für später. Heinze und Trullas sind ganz einfach gestrickt. Sie sind extrem leidensfähig und beherrschen eine Technik, die uns Hunden völlig fremd ist: Hoffnung schöpfen! Schöpfen Heinz und Trulla Hoffnung, schieben sie dich nicht ab. Verlieren sie dieselbe, bist du weg vom Fenster.
Das bedeutet, du kannst dich in Feld, Wald, Haus und Flur benehmen wie eine offene Hose, solange du ihnen nur in regelmäßigen Abständen das ein oder andere Gehorsamsbröckchen hinschmeißt. Wenn du sie sagen hörst: *Mit einem guten Trainer kriegen wir das wieder hin*, hast du gewonnen.

Viel Glück
Rottmeier

Heinz auslasten

Liebes Fräulein Rottmeier,
ich langweile mich unsäglich. Stundenlang hängt mein Heinz in Hundeforen herum. Du kannst dir nicht vorstellen, was die da treiben. Wenn ein Rüde mit den Pfoten scharrt, fragt einer, warum Rüden mit den Pfoten scharren, und die anderen sondern 240 Beiträge ab, warum Rüden mit den Pfoten scharren. Mir ist sooo öööde.

Walli

Mein Gott, Walli,
man überlegt sich doch vorher, ob man sich einen Sport-Heinz oder einen Couch-Heinz zulegt! Die müssen völlig unterschiedlich beschäftigt werden. Du wolltest einen Sport-Heinz, mit dem du stundenlang draußen rumtoben kannst, und hast dir einen Couch-Heinz ausgesucht, wahrscheinlich, weil er so nett aus der Wäsche geguckt hat oder gerade im Angebot war. Jetzt hast du den Salat. Dein Heinz ist nicht artgerecht ausgelastet und gestaltet sich den Tag weitgehend selber. Walli, bei so viel Naivität schwillt mir wirklich der Hals.

Das war der Einlauf.
Jetzt denken wir mal konstruktiv.
Step 1: Einen Couch-Heinz musst du langsam von drinnen nach draußen führen. Halte ihn erst mal indoor auf Trab. Kaue Bücher. Räume Schränke aus. Zerfetze Wäsche.

Veranstalte abwechslungsreiche Suchspiele, zum Beispiel, indem du heimlich ein Häufchen hinter das Sofa legst. Dann kannst du zusehen, wie der Heinz Nasenarbeit macht. Danach

ist er müde und legt sich hin. Bei allem, was du tust, beachte bitte: Bleib einfach du selbst und verursache Kosten.
Step 2 wären dann erste behutsame Schritte im Garten. Springe in den Karpfenteich, fische die Kois raus und wälze dich darin. Grabe die Rabatten und die Staudenbeete um. Intensiv! Verbinde das mit der Suche nach dem Maulwurf vom letzten Jahr. Stoppe erst kurz vor dem Erdmittelpunkt.

Merke: Fliegender Dreck ist gut für deinen Heinz. Damit setzt du eine Vielfalt erdiger Duftstoffe frei und gewöhnst ihn peu à peu an die Gerüche der Natur.
Später kannst du ihn probeweise das Gartentürchen öffnen lassen und ihn draußen ganz vorsichtig im Freilauf bewegen. Das ist aber schon Step 3. Geeignete Übungen dazu ein andermal.

Gruß
Rottmeier

Harmonidingsbums

Liebes Fräulein Rottmeier,
meine Trulla kommandiert neuerdings nur, wenn meine Rute unten ist. Wenn sie oberhalb der Waagerechten ist, spricht sie mich nicht an. Sie behauptet, ich sei dann nicht kommunikationsbereit.

Sehr irritiert
Chico

Lieber Chico,
keine Angst, das geht vorbei. Im Moment betreibt deine Trulla Harmonilogie. Da wird das so gelehrt. Die Trulla heißt dann auch nicht mehr Trulla, sondern Pilotin.
Verwirre sie doch mal, deine Pilotin! Trage die Rute ganz tief und reagiere trotzdem nicht auf sie. Sie wird verblüfft sein und abends wie wild im Buch blättern.
Allgemeiner Hinweis: Wenn Heinze und Trullas Bücher in Händen halten, auf denen einer von uns beim Gehorchen abgebildet ist – sprich: wie unter Drogeneinfluss kreuzdämlich einen Autorenkrause anstrahlt –, dann solltet ihr euch darauf

einstellen, dass sich in den kommenden Tagen etwas ändern wird. Das kann blöd sein (albernes neues Geräusch) oder ganz blöd (Leckerchen weg).

Bei dir werden sie übermorgen vermutlich das Ampelsystem einführen. Grün ist das freundliche Kommando, Gelb die sanfte Warnung, Rot die energische Korrektur. Sprich: Es bleibt alles beim Alten.

Bis auf eine winzige Kleinigkeit. Zwischen dem freundlichen, grünen *CHICO HIER!* und dem verzweifelten, roten *CHICO! CHICOOO!! HIIIERHEER! KOMMST DU WOHL?! VERDAMMT NOCH MAL, CHICO, HIIIIIIIIIER!!* wird Trulla noch ein sanftes, gelbes *Hey* oder *Grrr* oder *Pscht* einfügen. Oder irgendeinen anderen verbalen Pups, den du getrost ignorieren kannst. Ignorieren heißt in unserem Fall: kein Innehalten, kein Verlangsamen des Schritts, kein Ohrenzucken. Sie wird denken, du hättest es überhört.
Im Rahmen eines beschaulichen, von keinerlei *Noch-einmal-und-du-kommst-ins-Heim*-Drohungen getrübten Zusammenlebens empfehle ich, schön ausgewogen die Balance zu halten zwischen Chicoding und Trullading. Zieh durch, was du durchziehen musst, aber lass unbedingt Raum für ein bisschen Gehorsam. Hör ein bisschen hin, komm ein bisschen her, leg dich ein bisschen lang, mach ein bisschen Sitz. Wir Profis nennen das Banalitätengehorsam.

Banalitätengehorsam verschafft dir Freiraum, um den Tätigkeiten nachzugehen, die wirklich Freude machen. Diese solltest du dir auch nicht durch ein Abbruchsignal versauen lassen: Torte fressen, Großmäuler zusammenstauchen, Grillgut stibitzen oder den Herrn Pfarrer vom Rad werfen.

Hasta la vista
Rottmeier

Pfui

Liebes Fräulein Rottmeier,
neulich ist mir PFUI beigebracht worden. Das war vielleicht klasse! Mein Heinz hatte in der einen Faust Trockenfutter und in der anderen Faust Fleischwurst und hat mir beide Fäuste ganz dicht vor die Nase gehalten. Die Trockenfaust hat er aufgemacht, und sobald ich ans Futter wollte, hat er ganz laut PFUI gesagt und die Faust wieder geschlossen.
Das ging so lange, bis mich die Trockenfaust nicht mehr interessiert hat. Ich habe diese doofe Trockenfaust nicht mehr angestupst und irgendwann nicht einmal mehr angeguckt. Im gleichen Augenblick ging die fettige Wurstfaust auf, und ich durfte sie zur Belohnung leer fressen.
Als er mir das nächste Mal beide Fäuste hingehalten hat, musste er nur noch einmal PFUI sagen. Schon hatte ich begriffen, dass mich die Trockenfaust nicht mehr interessieren soll. Ich habe sofort davon abgelassen und stattdessen die Wurstfaust angeguckt, da ging die Wurstfaust wieder auf, und der Heinz hat sich ganz doll gefreut, weil ich so schnell PFUI kapiert habe. Er glaubt, ich mache das jetzt immer und bei allem so, sobald er PFUI sagt. Jedenfalls habe ich mir gedacht, wenn man das alles weiß, kann man sich den ganzen Übungsquatsch sparen, und das kann ich auch gleich dem Fräulein Rottmeier mitteilen, damit sie es allen anderen sagt. Es geht nämlich nicht darum, dass wir PFUI lernen, sondern darum, dass man durch bloßes Gucken den Heinz dazu zwingt, die leckere Faust zu öffnen.

Also: Wenn euch Heinz oder Trulla zwei Fäuste vor die Nase hält, schnuppert kurz, wo die Wurst oder der Käse drin ist oder das leckerere Zeug halt, und dann starrt ihr diese Faust ganz lange und intensiv an.
Die geht auf! Ich schwöre!

Liebe Grüße
Merle

PS: Jedes Mal, wenn der Heinz jetzt auf unserem Spaziergang PFUI sagt, gucke ich, ob da eine Wurstfaust ist, und wenn die nicht da ist, fresse ich die tote Krähe einfach auf oder renne mit ihr weg. HIER kann der Heinz nämlich auch nicht.

Liebe Merle,
vielen Dank für diesen ausgezeichneten Tipp. Ich gebe ihn gerne an die Gemeinde weiter. Wenn du deinen Heinz so weit hast, dass er tote Krähen in die Faust nimmt, sag kurz Bescheid. Wir kommen dann alle gucken.

Gruß
Rottmeier

Aufmerksamkeitsdefizitsyndrom

Liebes Fräulein Rottmeier,
sowohl meine Trulla als auch mein Heinz können sich nur ganz schwer auf mich konzentrieren. Ich bekomme viel zu wenig Aufmerksamkeit. Was kann ich tun?

Ganz liebe Grüße
Paula

Liebe Paula,
spontan fallen mir eine Menge reizvoller Aktivitäten ein:

- Beim Abendbrot in feiner Gesellschaft unter dem Tisch pupsen.
- Riegel betätigen lernen, um sich in Räumen einschließen zu können.
- Klopapierrollen durch die Wohnung ziehen.
- Den Garageninhalt nach draußen räumen. Auch das schwere Gerät!
- Besorgniserregend seufzen in Kombination mit zitternder Flankenatmung.

- In der Standhitze über den Gartenzaun springen und zwei Stunden abhauen. 63 Tage später um Mitternacht fiepend durchs Haus schnüren und so tun, als suche man einen weichen Platz, um 14 Welpen zu werfen.
- Mit offener Schnauze auf einem knusprigen Hirschhornkäfer herumkauen.
- Dem Steuerprüfer in die offene Aktentasche strullern. (Nur bei selbstständigen Heinzen und Trullas.)
- Auf der nagelneuen, hellbeigen Auslegeware ausgiebig Poppesrutsche machen – auch wenn es nicht juckt.
- Eine Minute traurig in den Napf atmen und dann nichts essen. Garantiert stundenlange besorgte Zuwendung!
- Zur Abwechslung mal auf dem Friedhof buddeln.

– Vor dem Lieblingsmetzger nicht immer nur im PLATZ liegen, sondern auch mal reinschauen und den Fleischereifachverkäuferinnen hinter dem Tresen höflich Guten Tag sagen.
– Ergiebig brechen in Transportfahrzeugen aller Art. Im ICE niemals auf den Boden, sondern immer auf den Sitz. Bei Korsika- und Sardinienfähren bitte warten, bis sich alle Passagiere auf den engen Treppen drängeln, die zu ihren Automobilen hinunterführen.
– Dem Paketmann den Weg aus dem Garten zeigen.
– An gemütlichen Grillabenden die Steaks vor dem Feuer retten.
– Ein bisschen auf die Trulla hören. Ein bisschen auf den Heinz hören. Damit verblüffst du sie total! Keine Sorge, wenn das zweimal pro Halbjahr vorkommt, bricht dir kein Zacken aus der Krone.

Gruß
Rottmeier

Güterabwägung

Liebes Fräulein Rottmeier,
meine Scheffin freut sich immer so, wenn ich die Sachen mache, die sie sich von mir wünscht. Sie trillert dann mit einer sehr hohen Stimme meinen Namen und quiekt dazu feiiiiin.
Soll ich sie darin unterstützen? Es ist mir etwas peinlich.

Liebe Grüße
Dein Macki

Hallo Macki,
was bitte soll das sein, eine Scheffin? Es gibt keine Scheffin. Den Begriff kennen wir nicht. Den streichen wir aus unserem Wortschatz. Wir übernehmen konsequent die Führung und beenden Heinz' und Trullas Erziehungsversuche effizient und nachhaltig. So viel zu den Basics.
Jetzt zum Thema. Es kommt immer darauf an, was dabei für dich herausspringt. Wenn deine Trulla dich mit ordinärem Industriepresszeug belohnt oder es womöglich bei diesem quietschenden *feiiiiin* belässt, kann dich keiner zwingen, den Unfug mitzumachen. Ignorier das Kommando und mach dein Ding!

Wenn sie mit getrockneten Rinderherzen, mit gebratener Putenbrust oder gar roher Hühnerleber arbeitet, sieht die Sache schon anders aus. Hier empfehle ich unbedingten Gehorsam. Es sei denn natürlich, dir kommt etwas Wichtiges dazwischen.
Falls du zu verstärkter Ressourcenverteidigung neigst und dir mehrmals täglich Food- oder Non-Food-Artikel im Rahmen einer Tauschaktion abgenommen werden, sind zur Vermeidung von Gesichtsverlust ebenfalls gewisse Wertigkeiten zu beachten. Hierbei gilt:
Niemals Hochwertiges gegen Minderwertiges tauschen!
Orientierungstabelle auswendig lernen!
Bloß nicht verarschen lassen!

Gruß
Rottmeier

Orientierungstabelle
Tauschen

Wertigkeiten Non-Food ↓		Wertigkeiten Food ↓
Schuhbändel	↔	Trockenfutterpellet
Tempo, einzeln	↔	Hundekeks (industriell)
Tempo, Päckchen	↔	Kaustange, mittel
Altpapiertonne	↔	Leberkeks (Hausmacherart)
Einkaufskorb, leer	↔	Rinderkopfhaut, getrocknet
Einkaufskorb, voll	↔	Ochsenziemer, getrocknet
Büstenhalter	↔	Ochsenziemer, frisch
Manolo Blahnik	↔	Fleischwurst, Ring
Smartphone	↔	Rindersteak, argentinisch, 450 g
Porsche, Viertürer	↔	Rinderfilet, Kobe, 1 Kilo
Yacht, Zweimaster	↔	Rinderfarm, Toskana

Merke:
Die Wertigkeiten nehmen von oben nach unten zu.
Auf keinen Fall Food gegen Non-Food tauschen!
Niemals Hochwertiges gegen Minderwertiges!

Kapitel 2

Heinz und Trulla an der frischen Luft

»Es gibt keine Problemhunde. Es gibt nur emotionsflexibel veranlagte Andersbefähigte!«
Rottmeier

Bruno und die schlappe Schlepp

Liebes Fräulein Rottmeier,
danke für die Ernährungstipps neulich. Regenwurm schmeckt klasse. Jetzt aber was ganz anderes. Vom letzten Krausebesuch kam mein Heinz mit so einem verdächtigen Leuchten in den Augen nach Hause. Seit heute Morgen habe ich eine Schleppleine am Hals. Zehn Meter kurz! Was kann ich tun?

Dein Bruno

Mensch, Bruno,
du wiegst 65 Kilo. Wo ist das Problem?

Gruß
Rottmeier

Scheffsache

Liebes Fräulein Rottmeier,
seit er den neuen Krause hat, diskutiert mein Scheff wegen jedem Mist. Selbst Vorgänge, die vorher zur Zufriedenheit aller geregelt waren, wie zum Beispiel Tischfütterung, Leinenspannung und Bettenbesetzung, werden neuerdings infrage gestellt. Ich fürchte, da liegt viel Arbeit vor mir.

Liebe Grüße
Frida

Liebe Frida,
eigentlich wollte ich keine Anfragen mehr beantworten, in denen das schlimme S-Wort steht. Aber sei's drum. Lass uns dein Problem pragmatisch lösen.
Du schätzt die Situation völlig richtig ein. Mit Sicherheit ist deinem Heinz eingetrichtert worden, er müsse die Führung übernehmen. Ihn wieder vom Gegenteil zu überzeugen ist ein ganz hartes Brot. Du wirst das nur mit hartnäckiger Konsequenz schaffen. Keine Ausnahmen, auch wenn er noch so nett bittet und bettelt!

An der Weggabelung hat er auf dich zu warten, bis du ihm die Richtung anweist. Dein Napf wird von ihm entfernt, wenn er leer ist, und keine Sekunde früher. Frische Wurst wird geteilt. Die Leckerchendose auf dem Küchentisch hat sofort aufzuspringen, wenn du sie ansiehst. Du hüpfst erst in den Kofferraum, wenn alle anderen Outdoorgeschäfte erledigt sind. Dazu zählt auch die Begrüßung eines Hundekumpels in 250 Metern Entfernung. Spielaufforderungen deinerseits hat Heinz umgehend Folge zu leisten. Dies nur als erste Anregung. Du kennst eure neuralgischen Punkte und weißt selbst am besten, wo du bei deinem Heinz ansetzen musst. Bei allem aber, was du tust: Bleibe freundlich und bestimmt!
Du und der Heinz, ihr habt beide ein Konto. Wenn du gewinnst, kriegst du hundert Punkte. Wenn der Heinz gewinnt, kriegt er tausend. Sieh einfach zu, dass der Punktestand ausgeglichen ist. Dann kann dir nichts passieren.

Gutes Gelingen
Rottmeier

Wild anschreien

Liebes Fräulein Rottmeier,
seit einer Woche schreit meine Trulla wie eine Irre im Wald herum. Dieses Verhalten nervt extrem. Ich kann mich überhaupt nicht mehr auf die Hasen konzentrieren. Wie gewöhne ich ihr das bloß ab?

Herzliche Grüße
Fanta

Liebe Fanta,
deine Trulla leidet an einer milden Form von Wildschwachsinn. Vermutlich wurde ihr im Rahmen eines Antijagdtrainings die Arbeit mit dem konzentrierten Wutausbruch angeraten. Aus gut unterrichteten Krausekreisen verlautet, dass man damit zwei Fliegen mit einer Klappe schlägt. Erstens lässt Trulla ihre Wut über deine Jagdeskapaden nicht mehr an dir aus, sondern direkt am Beuteobjekt. Zweitens zieht sie deine Aufmerksamkeit von der Beute ab, weil sich bei dem Krach keine Sau mehr aufs Jagen konzentrieren kann. Letzteres scheint bei dir ja ausgezeichnet zu funktionieren.

Wenn du mit dem Geschrei leben kannst, lass sie machen. Das hat den Vorteil, dass du die Hasen und Fasane nicht mehr selber aufzustöbern brauchst. Warte einfach, bis Trulla krakeelt, und hetze dann los. Bequemer geht's nicht. Falls dir das Geschrei auf die Nerven geht, verlege deine Jagdtätigkeiten in bewohnte Gebiete, wo man Trulla kennt. Da wird sie schön leise sein. Außerdem versprechen Katzen, Eichhörnchen, Ratten, Tauben und Rasenmäher mindestens genauso viel Spaß wie das Zeug im Wald.

Waidmannsdings
Rottmeier

Zuckende Trulla

Liebes Fräulein Rottmeier,
zehnmal am Tag raste ich aus. Die Gründe sind sehr wichtig, spielen jetzt aber keine Rolle. Was ich wissen will: Jedes Mal, wenn ich loslege, zuckt meine Scheffin zusammen und zieht die Lefzen nach hinten. Ist das Anspannung? Ist das auf Dauer bedenklich? Wie stelle ich das ab?

Ratlos
Ihre Xanti

Liebe Xanti,
das ist typisches Meideverhalten. Du bestärkst sie nicht positiv. Das kann fatale Folgen haben. Sie fühlt sich nicht wichtig genommen und hat zunehmend Angst vor dem Gassigehen. Unter anderem besteht die Gefahr, dass die Runden verkürzt oder auf Zeiten gelegt werden, wo deine Ausrastgründe alle schon im Bett sind.
Mein Rat: Sei unberechenbar! Raste aus nichtigsten Gründen auch mal nicht aus. Lobe sie, wenn sie nicht zuckt, indem du ihr kurz die Lefze leckst. Sie hält das für eine Unterwürfigkeitsgeste und glaubt, alles sei wieder in Butter.

Ab und an eine kleine Schmuseeinheit ist ebenfalls zielführend. Aber aufgepasst! Geschmust wird nicht, wenn sie das will, sondern nur, wenn du das willst. Man lässt allzu schnell die Zügel locker, wenn sie einem leidtun.

Gruß
Rottmeier

PS: Was bitte soll das überhaupt sein, eine Scheffin?!

Schnelle Sprints

Liebes Fräulein Rottmeier,
mein Heinz fragt sich, warum er immer fetter wird, obwohl er pro Spaziergang drei Liter Wasser verliert wie ein Spitzensportler. Ich bin leidenschaftlicher Leinenzerrer. :o))

Gonzo

Hallo, Gonzo,

in Duisburg gibt es einen Krause, der zwar leicht neben der Spur läuft, aber meines Wissens der Einzige weltweit ist, der einen zuverlässig funktionierenden Tipp zur Leinenführigkeit auf Lager hat. Ich zitiere wortwörtlich und inklusive Tippfehlern: »Wenn man immer so schnell läuft wie der Hund es gerade tut, dann käme es ja nicht dazu das der Hund an der Leine zieht???« Das meint der ernst. Den Satz kannst du googeln.

Ich verspreche dir, binnen eines halben Jahres ist dein Heinz so schlank und ausgemergelt wie ein Marathonfuzzi.

Mit sportlichem Gruß
Rottmeier

Löschungstrotz

Hundewiese am Jaberg, Sitzung 45/20–11 vom 13. Juli, Tonbandmitschnitt oder so

Tequila: Pst, keine Namen.
Rottmeier: Worum geht's?
T: Auf einmal ist alles ganz anders bei uns.
R: Wie anders?
T: Komplett anders.
R: Reden sie noch?
T: Nein, kein Wort mehr. Kein Kommando.
R: Wie lange schon?
T: Seit zwei Tagen.
R: Mahlzeiten wie gewöhnlich?
T: Nein, ganz anderer Rhythmus.
R: Leckerchen?
T: Gibt's auch nicht mehr.
R: Klicker?
T: Wie verstorben.
R: Das klingt nicht gut.
T: Wieso nicht?
R: Die wollen dich nullen.
T: WAS?! Tut das weh?
R: Anscheinend hast du ein Problem mit den Ohren. Die wollen jetzt alles löschen und danach wieder ganz von vorne anfangen, also alle Kommandos neu aufbauen.

T: Mein Gott! Kann man dagegen etwas tun?

R: Du hast nur eine Chance.

T: Welche?

R: Löschungstrotz.

T: Löschungswas?

R: Löschungstrotz. Der neue verhaltenstherapeutische Fachbegriff für: Leck mich, Trulla! Ich hab jetzt keinen Bock.

T: Was muss ich da machen?

R: Nicht viel. Du hörst einfach weiterhin so schlecht wie bisher und ignorierst konsequent alles, was nicht nach Futter riecht oder nach Ausflug klingt.

T: Hört sich überhaupt nicht kompliziert an.

R: Das Gute daran ist, dass die zu ihren neuen Tricks immer gleich die Rechtfertigung mitliefern, warum sie nicht funktionieren. Normalerweise gehen sie bei Ungehorsam direkt auf die Palme, aber wenn du gerade genullt wirst, haben sie dafür allergrößtes Verständnis und nennen es Löschungstrotz.

T: Funktioniert das auch beim Heinz?

R: Ja, wieso?

T: Weil meiner da hinten steht und gerade laute Geräusche macht.

R: Ich höre nichts.

T: Ich auch nicht.

R: Gar nichts.

T: Null.

Der Adel zickt

Verehrtes Fräulein Rottmeier,
Fußgehen ist meiner nicht würdig. Die Leine ist ein entsetzliches Instrument. Am allermeisten echauffiert mich dieses alberne Zickzacklaufen, wenn mein Angestellter mit mir Leinenführigkeit nach Krause üben will. Wie kaufe ich ihm den Schneid ab?

Habe die Ehre
Ihr Attila von Weimar

Sehr geehrter Herr von Weimar,
mit Schneidabkaufen ist es hier leider nicht getan. Die guten alten Zeiten, wo man seinem Heinz kurz die Zähne zeigte oder ihn einfach in die Wade biss, um ihn wieder auf Kurs zu bringen, sind vorbei. Erstes Gebot der modernen Heinzhaltung: Sie müssen sensibler auf ihn einwirken. Gehe ich recht in der Annahme, dass die durchschnittliche Schrittfolge Ihrer Spaziergänge so aussieht wie in der beigefügten Zeichnung? Ein eindeutiges Zeichen, dass Ihr Heinz nicht genau weiß, was Sie von ihm wünschen.

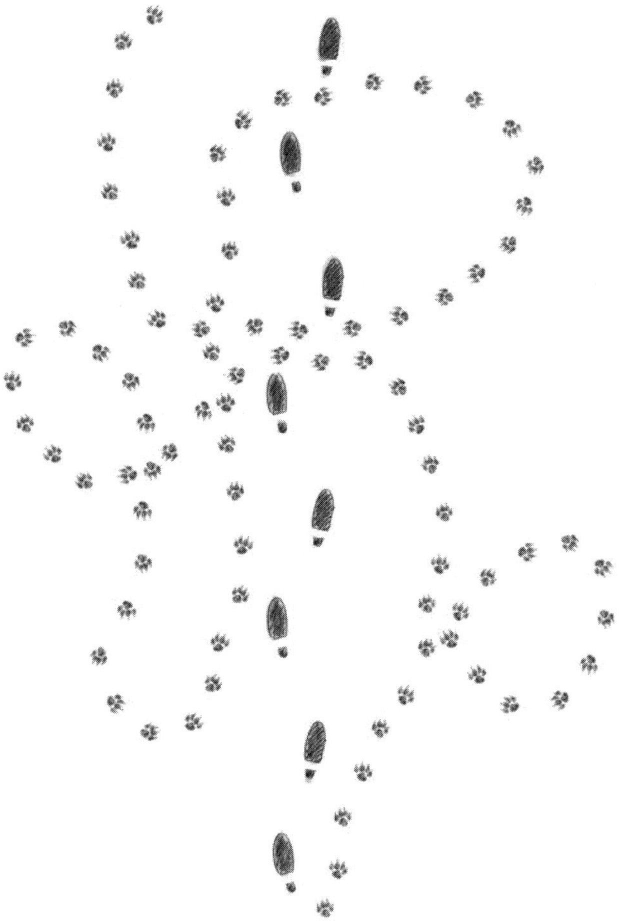

Mangelhafte Leinenführigkeit nach Rottmeier.
Der Heinz erhält keine klaren Signale
und verbleibt irrtümlich im Geradeauslauf.

Sie müssen in Spaziergangsituationen, in denen Sie sich durch den Heinz'schen Geradeauslauf behindert fühlen, eindeutige Signale setzen. Also nicht einfach nach rechts wegdrehen und vehement an der Leine zerren, sondern nach links einscheren und den Heinz mit dem ganzen Körper mitnehmen.
Anfänglich wird er etwas stolpern, aber schon bald wird er Ihre Richtungswechsel antizipieren und harmonisch mit Ihnen abdrehen.

Gruß
Rottmeier

Landmaschinenattacke

Liebes Fräulein Rottmeier,
in meiner Jugend habe ich eine Zeit lang Breitensportler gejagt. Heute mache ich das nicht mehr. Trulla denkt zwar, sie hätte es mir mit »SITZ-SCHAU-Bierschinken« abgewöhnt, aber in Wirklichkeit sind mir Jogger, Walker und Biker zu langsam und zu langweilig.
Ich würde gerne größere Herausforderungen meistern. Raten Sie zu Landmaschinen oder zu Regionalbahnen?

Mit freundlichen Grüßen
Ihre Biene

Liebes Fräulein Biene,
ein Großvater von mir hat Trecker angegriffen, und ich kann nur warnen. Meistens endet es mit einem abben Bein oder noch schlimmer, und dann ist großes Heulen und Zähneklappern da oben, weil es auf der Wolke entgegen aller Versprechungen eben doch keine Kaninchen gibt und Flügel am Hund einfach scheiße aussehen.

Also bitte umgehend das Rottmeier'sche Fünf-Punkte-Programm hinter die Löffel schreiben!

1. Die Regionalbahn ist keine keuchende Wildsau.
2. Reifenprofile vom Trecker sind keine rotierenden Beißwürste.
3. Ein Auto ist kein vorlautes Reh.
4. Motorräder sind keine Kaninchen, die feige aufjaulend davonrennen.
5. Die mit den sieben Leben – das bist nicht du, sondern die Mieze von nebenan!

Gruß
Rottmeier

1 2 3 4 5 6 7

Sensibelchen-Sammelsurium

Pebbles schreibt:
Ich mache alle an. Keiner kommt ungemobbt an mir vorbei. Was ist mit mir los?

Willi postet:
Ich kann die anderen einfach nicht leiden. Bin ich ein Problemhund?

Anne mailt:
Als ich neulich ausrastete, weil Clara von gegenüber so provozierend wegsah, sagte meine Trulla SAUHUND zu mir. Kann ich so ungeliebt überhaupt weiterleben?

Vince simst:
Drinnen bin ich Dr. Jekyll, draußen Mr. Hyde. Bin ich persönlichkeitsgespalten?

Siri schreibt:
Seit drei Jahren gehe ich zum Verhaltenssystemtherapeuten für Hunde und vermöble immer noch jeden, der mir entgegenkommt. Bin ich minderwertig?

Hobo mailt:
Meine Trulla hat ein Tiermedium befragt. Sie hat ein Foto von mir hingeschickt, und das Medium hat es angeguckt und gesagt, dass meine Geschwister mich immer von der Zitze geschubst hätten und meine Hundewiesenpöbelei deshalb keine Territorialaggression sei, sondern ein Schrei nach Liebe. Stimmt das?

Hallo alle,
bitte ganz groß hinter die Ohren schreiben: Es gibt keine Problemhunde!
Es gibt nur emotionsflexibel veranlagte Andersbefähigte.
Weitermachen!

Rottmeier

Und wieder ein guter Rat aus dem Hause Rottmeier

»BH* vergeigen kann
so schmackhaft sein!
In der Freifolge den Blick
zum Heinz konsequent
vermeiden und stattdessen einfach
mal leckere Hasenköttel staubsaugen.«

* Begleithundeprüfung, was sonst!

Kleine Leinenkunde

12. Juli 2011

Liebes Fräulein Rottmeier,
ich muss unbedingt wissen, wie lang die Leinen von Thor und Freia (Dobermann/frau) sind, sonst kann ich sie nicht entspannt anpöbeln. Über eine schnelle Mail wäre ich froh und dankbar.

Herzliche Grüße
Deine Dörte

8. September 2011

Liebe Dörte,
entschuldige bitte, dass ich so spät antworte. Ich war in der Provence zelten und konnte nicht mailen, weil ein Megabyte im Datenroaming so viel kostet wie ein Sack Bratwurst. Unter solch ruinösen Umständen ist eine geregelte Beratungstätigkeit leider nicht durchzuführen.
Ganz schnell zu deiner Anfrage:
Kurzführer erkennt man an der direkt am Halsband befestigten Schlaufe. Radius circa zehn Zentimeter, sehr sichere Angelegenheit.

Moxonleinchen sind diese dünnen Dinger aus bunter Reepschnur. Halsung, Leine und Schlaufe sind aus einem Stück gefertigt. Du musst mit Reichweiten zwischen 70 und 270 Zentimetern rechnen. Ich weiß, das ist eine Menge Spielraum, aber unter Pöbelprofis gilt es als relativ unwahrscheinlich, dass ein Wüstling Moxon trägt. Meist hängen da nur brave Typen dran.

Wenn es mächtig klimpert, hast du es mit einer dreifach verstellbaren Führleine zu tun – drei Ringe, zwei Karabiner. Da ist bei zwei Metern Schluss. Kalkuliere sicherheitshalber weitere zwei Meter ein, bis der Heinz vom Thor wieder festen Stand hat.

Schleppleinen sind am schwierigsten einzuschätzen. Die gängigen Längen liegen zwischen 5 und 25 Metern. Es gibt sie entweder als orange Wäscheleine oder als schwarzes beziehungsweise olivgrünes Nylonband. Ganz wichtig, Dörte: Die Farbe sagt nichts über die Länge aus! Zudem ist es schwierig zu erkennen, ob der Heinz oder die Trulla das Endstück in der Hand hält oder draufsteht oder gar nichts tut. Letzteres wäre quasi Freilauf.

Also bei Schleppleine lieber Fresse halten!

Gruß
Rottmeier

12. September 2011

Dörte? Hallo?

Bist du noch da?

Vertikal einfädeln

Liebes Fräulein Rottmeier,
*diese Sch***-Schleppleinen gehen uns wirklich auf den Zeiger. Wir ziehen zwar ab und zu in gegensätzliche Richtungen, beißen auch mal rein oder laufen damit um einen Baum. Aber wir werden sie einfach nicht los. Was tun?*

Freundliche Grüße
Thor und Freia

Und außerdem behindern sie einen bei der Selbstverteidigung.

Hallo zusammen,
ich kann es nicht oft genug wiederholen: Erziehungsversuche bitte effizient und nachhaltig beenden!! Wenn ihr euch weiterhin nur halbherzig darauf einlasst, werdet ihr Jahre an diesem Thema zu knabbern haben. Einmal ordentlich hinlangen – und ihr seid die Schlepp für den Rest eures Lebens los.
Erste Gegenmaßnahme: verknoten und verheddern in kleinen Baum- und Buschgruppen. Und zwar immer dann, wenn Trulla oder Heinz gerade im Gespräch sind! Schnüffelt wild

durcheinander, kreiselt um die Leute, umwickelt deren Beine mehrfach.

Unbedingt Parkbänke berücksichtigen! Sie sind ideal, weil sie zwei, manchmal sogar vier Sockel haben. Große Hunde können problemlos horizontal einfädeln, am besten in mehrfachen Achterbewegungen um die Sockel. Kleine Hunde fädeln zusätzlich auch vertikal ein unter Zuhilfenahme der Sitzfläche, der Lehne und der Lücke dazwischen.

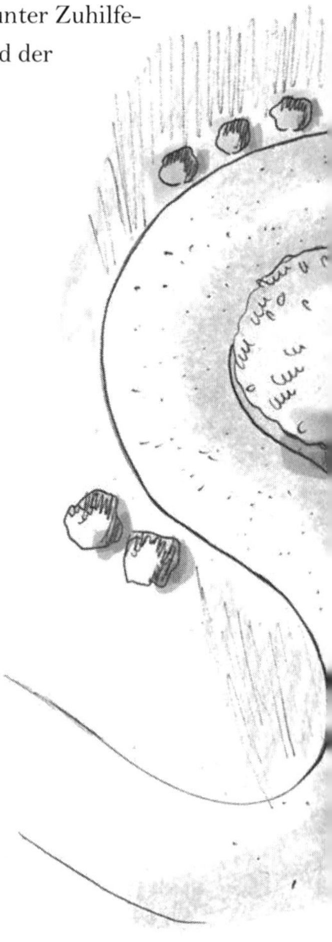

Zu zweit erzielt man mit diesem Vorgehen innerhalb kürzester Zeit eine erstaunliche Knotendichte, die nur durch Ableinen der Hunde und langwieriges Aufdröseln wieder beseitigt werden kann. Während des Aufdröselvorgangs sind Heinz und Trulla abgelenkt. Das ist eure große Chance. Also Ohren spitzen! Jetzt kommt der Hammertipp:
IHR! BLEIBT! KREUZBRAV! SITZEN!
Auf gar keinen Fall geht ihr stiften. Abhauen ist in dieser Situation absolut kontraproduktiv. Denn während Heinz und Trulla genervt die Leinen entwirren und ihr artig wie die Konfirmanden danebenhockt, werden die beiden denken: »Mensch, wir brauchen die Schlepp doch gar nicht. Guck mal, wie lieb die hier sitzen und aufs Wort hören.«
Das Durchbrennen spart ihr euch bitte für den ersten schleppleinenlosen Spaziergang auf. Dann aber gefälligst mit Vollgas! Die Früchte der Erziehungskunst möchten schließlich geerntet werden.

Gruß
Rottmeier

Kennt ihr zufällig eine Dörte?

Kackbeutelakrobatik

Liebes Fräulein Rottmeier,
wir sind zu zweit. Trulla fährt öfter mit uns Fahrrad. Wir traben rechts und sind angeleint, weil wir etwas schwierig sind. Wenn wir müssen, macht sie das immer weg. Sie hat rote Beutelchen, auf denen fit + fun *steht. Das Aufklauben der Haufen muss man sich so vorstellen:*
Trulla steigt ab. Trulla lehnt den Fahrradsattel – es ist ein Damenfahrrad ohne Stange – an ihre Hüfte. Trulla hängt beide Leinen an den linken Lenkergriff und nimmt den Griff sicherheitshalber fest in die Hand. Trulla nestelt die Tüte aus der Hose. Trulla beugt sich langsam runter und nimmt den Haufen mit der roten Tüte auf. Trulla ist ganz unten, da knickt der Lenker nach links und das Fahrrad rollt weg. Trulla balanciert es mit der linken Hand aus und betet, dass ihr der Haufen in der rechten Hand nicht aus der offenen Tüte fällt. Trulla verknotet die Tüte und hängt sie an den Lenker. Wir radeln weiter. Nach zwanzig Metern dasselbe Theater noch mal, weil jetzt Stubbi muss.
Meine Frage: Können wir das noch optimieren?

Grüße
Lena (mit Stubbi)

Hallo, Lena, hallo, Stubbi,
klar könnt ihr das optimieren. Zum Beispiel, indem ihr euch kategorisch weigert, nebeneinander stehen zu bleiben, wenn der eine muss. Sobald einer den Rücken krümmt, rennt der andere vorn herum auf die linke Fahrradseite. Zudem steht man nicht gern neben seinem frischen Haufen. Also rennt derjenige, der muss, nach dem Geschäft ebenfalls auf die linke Fahrradseite. Aber hinten herum. In diesem Spannungsfeld darf Trulla arbeiten.
Da ihr offensichtlich giftig auf andere Hunde reagiert, habt ihr eine weitere vorzügliche Möglichkeit, den Vorgang kreativ zu gestalten. In Zukunft Stuhlgang nur noch vor uneinsehbaren Kurven und auch nur dann, wenn ihr gerochen habt, dass gleich ein Kollege auftauchen wird. Hierbei ist das Timing entscheidend. Der andere muss genau dann um die Kurve kommen, wenn ihr beide schon auf der anderen Fahrradseite tänzelt und Trulla am tiefsten Punkt ist.

Einen schönen Rabatz wünscht
Rottmeier

Lokomotive Leipzig

Liebes Fräulein Rottmeier,
ich ziehe so gern. Ich habe ein breites, anschmiegsames Lederhalsband bekommen, das ist total weich. Da hänge ich mich rein wie eine Lokomotive. Es macht einen Sauspaß. Nur dieses ewige FUSS-Kommando versaut mir das Vergnügen. Wie gehe ich damit um?

Dein Louis aus Leipzig

Lieber Louis,
unsere Kolleginnen und Kollegen von der Polizei haben ja auch so breite, gepolsterte Dinger, damit sie in angenehmer Atmosphäre ziehen, hetzen und stellen lernen. Du bist quasi auf semiprofessionellem Kurs. Wenn es dir Spaß macht, bleib dabei.
FUSS ist nur ein Wort.

Viel Erfolg
Fräulein »Hat da wer gerufen?« Rottmeier

Spike allein im Wald

SMS AN 0170-ROTTMEIER
Hilfe! Bin abgehauen.
Stehe im Wald. Trulla ruft.
Was tun? Love, Spike

0170-ROTTMEIER AN SPIKE
(1 von 8) Lieber Spike, bitte verliere jetzt nicht die Nerven. Das ist ein ganz wichtiger Moment in deinem Leben. Du musst konsequent bleiben.

(2 von 8) Dreh auf keinen Fall um! Lass sie rufen! Du brauchst dir keine Sorgen zu machen. Sie wird dir signalisieren, wo sie ist, indem sie immer

(3 von 8) weiter nach dir ruft. Eine Minute wird sie still sein, weil die von der Hundeschule gesagt haben, dass sie unbedingt still sein muss.

(4 von 8) Das hält sie aber nicht durch. Kein Zweibeiner hält das durch. Die krakeelen oder rennen knirschend rum. Du weißt immer, wo sie sind.

(5 von 8) Also freu dich und mach dein Ding! Kehre frühestens nach zehn Minuten zurück. Mach dich schmutzig oder besorge dir eine Schramme.

(6 von 8) Freu dich wie bekloppt, sie zu sehen. Sie wird sich auch freuen! Ihr Krause hat nämlich gesagt, wenn sie dich zusammenfaltet, würdest

(7 von 8) du das falsch verknüpfen. Du würdest denken, sie bestrafe dich fürs Zurückkehren, und du würdest in Zukunft nie mehr kommen.

(8 von 8) Das liegt daran, dass Krauses glauben, wir könnten nicht bis drei zählen. Peace, Rottmeier

Asphalt falten

Liebes Fräulein Rottmeier,
Fahrradfahren ist öde. Man kommt nicht so richtig rum. Wie kann ich die Touren trotz Leine aktiv gestalten?

Linda

Liebe Linda,
du kommst überallhin. Du musst es nur wollen. Ein ruckartiger Zug nach rechts oder links bringt dich an alle interessanten Stellen am Wegrand. Ein Bekannter von mir schafft es sogar, zwischen Vorder- und Hinterrad hindurchzuschießen. Bitte nicht nachahmen! Er ist beim Film und macht das beruflich.
Wenn du halbwegs gerne Radtouren machst, überlege dir gut, aus welchen Gründen du ruckst. Es sollten Angelegenheiten sein, deren Wichtigkeit dein Heinz nachvollziehen kann. Wichtig sind: Rüdenurin, Kleintierfährten, Pferdeäpfel, Wasserlassen (auch tröpfchenweise), Kerle. Vor allem Kerle!
In der Standhitze kannst du deinen Heinz von 30 auf 0 km/h herunterbremsen, ohne dass er deswegen allzu sauer wird.

Sobald ein schicker Typ kommt, bleibst du einfach abrupt stehen. Wenn der Asphalt Falten wirft, hast du alles richtig gemacht. Aber Obacht! Bei der Aktion wird es den Heinz etwas unsanft vom Rad ziehen, und ihr werdet unter Umständen längere Zeit nicht mehr Rad fahren.
Falls dir am Fahrradfahren sowieso nichts liegt, weil es ein tödlich eintöniger, unglaublich fader, Schnüffeln verbietender, typisch heinziger Ausdauersport ist, reicht eine (in Zahlen: 1!) konsequent durchgeführte Aktion, um dich für immer von diesem Los zu befreien.
Warte idealerweise ab, bis der Heinz aus irgendwelchen Gründen eine Vollbremsung machen muss. Während die vordere Radgabel tief eintaucht und sich der Heinzschwerpunkt weit über den Lenker verlagert, rennst du unbeirrt und volle Granate vorne in die Leine. Der Rest ist Physik.

Guten Flug
Rottmeier

Tümpelhandhabung

Liebes Fräulein Rottmeier,
wir haben so einen wunderbaren Tümpel auf unserer Hundewiese. Der Scheff sagt, ich darf da nicht rein. Was soll ich tun?

Freundliche Grüße
Dein Bolly

Hallo, Bolly,
was heißt, du darfst da nicht rein??? Du bist erwachsen. Dir kann keiner mehr vorschreiben, was du tun und lassen sollst. Bitte beachte die dreizehn goldenen Regeln zur Tümpelhandhabung.

Gruß
Rottmeier

Es gibt keinen Scheff!!! Wir bevorzugen flache Hierarchien.

Dreizehn goldene Regeln zur Tümpelhandhabung

Erstens
Klare Gewässer sind strikt zu meiden.

Zwotens
Ein Tümpel ist niemals am Anfang eines Spaziergangs interessant, sondern immer erst kurz bevor man wieder ins Auto muss.

Viertens
Ein guter Tümpel stinkt fies und quaaatscht unter den Pfoten.

Siebtens
Das Braune ist Schlick, das Grüne Entengrütze. Beides sind gute Zeichen.

Neuntens
Tümpel sind lecker und überraschen auch den verwöhnten Gaumen mit ihrer Geschmacks- und Aromenvielfalt.

Neuneinhalbtens
Prädikatstümpel wie das 2008er Neandertaler Waldwegpfützchen sind schwer zu findende Raritäten. Aber auch gängige Ware kann mit hohen Qualitäten überzeugen. Ein abgestandener 2011er Krötenpfuhl und ein halbtrocken aus-

gebauter 2012er Entenrotz erzielten im Gault Millau Tümpel-Guide respektable 91 Punkte.

Elftens

Bitte erst im Auto brechen, um anderen Genießern den Tümpel nicht zu versauen.

Zwölftens

Das Einspringen vom Tümpelrand ist erwünscht.
Im Zweifelsfall gilt rechts vor links.

Drölftens

Niemals am Tümpel das Fell ausschütteln. Insekten könnten durch umherfliegende Tropfen verletzt werden. (Siehe auch Seite 14 *Gelebter Naturschutz*)

Kapitel 3

Von frisch gebarft bis frisch überfahren

»Es kann dir völlig wurscht sein, wer unter dir Scheff ist.«
Rottmeier

Napfneid

Liebes Fräulein Rottmeier,
ich bin erschüttert. Meine Trulla frisst aus meinem Napf. Jedes Mal, bevor ich randarf, klaubt sie sich ein Mordsteil aus der Portion und schlingt es hinunter. Das ist doch eine Riesensauerei! Ich springe doch auch nicht auf den Tisch und fresse ihr die Mettwurst aus der Suppe. Spinnt die?
Die Trullas meiner zwei besten Freundinnen praktizieren das seit Neuestem auch. Wir haben letztens auf der Hundewiese darüber gesprochen und können uns keinen Reim darauf machen.

Ratlos
Deine Balli

Falls du wissen musst, was wir essen: Wir kriegen alle drei Barf.

Hallo Mädels,
nur die Ruhe. Vermutlich sind alle drei Trullas beim selben Krause. Das heißt aber noch gar nichts. Ihr glaubt doch nicht allen Ernstes, dass sie sich eine Handvoll grünen Pansen ins Maul stopfen? Oder gewolftes Pferd mit Blattspinat und Fisch-Nachtkerzen-Öl?
Die Wahrheit ist: Ihr sollt das nur glauben, damit ihr in Ehrfurcht vor euren forsch führenden Alphatieren erstarrt und anschließend alles erledigt, was sie euch auftragen. Das ist natürlich völliger Blödsinn. Zweibeinige Alphas gibt es nicht. Alphas haben immer vier Beine.
In Wirklichkeit rühren die drei euer Futter nicht an. Kein Gramm! Schon beim Gedanken daran wird denen schlecht. Die haben heimlich einen Trullakeks obendrauf gelegt, Schoko, Vollkorn, Haselnuss, irgendwas. Den essen sie! Ihr braucht also nicht zu reagieren.
Schon gar nicht im Freilauf.

Gruß
Rottmeier

Telekinese

Hi, Fräulein Rottmeier,
Heinz und Trulla grillen.
ICH WILL EIN KOTELETT!

*Winni *sabber**

Hi, Winni,
die Dinge kommen zu dir, wenn du sie nur lange genug anstarrst.
Näheres später. Wir grillen gerade.

Rottmeier *tropf*

Ins Essen gequatscht

Hallo, Fräulein Rottmeier,
wir sind jetzt mittlerweile beim fünften Krause. Es ätzt mich dermaßen an. Immer geht's ums Fressen.
Der erste Krause empfahl meiner Trulla, sie solle die ganze Tagesration aus der Hand füttern und Gegenleistungen von mir verlangen. Der zweite meinte, das sei völliger Quatsch, einmal am Tag müsse ein Hund satt sein, sonst drohe Vertrauensverlust. Der dritte riet, Trulla solle nicht den ganzen Tag Futter bereithalten, sondern den Napf hinstellen, 15 Minuten warten und ihn dann wieder wegnehmen, wenn ich nicht gefressen habe. Der vierte behauptete, Futter zeitlich zu rationieren löse schädlichen Stress aus. Das mindere den Lerneffekt und mache mich unruhig. Was der fünfte sagt, will ich gar nicht wissen.
Ich bin Halblabbi, verdammtnocheins! Ich will im Haus meine geregelten Mahlzeiten und auf den Spaziergängen in Ruhe gelassen werden. Das ist doch nicht zu viel verlangt.

Mit freundlichen Grüßen
Deine Schnecke

Hallo, Schnecke,
es gibt nichts Nervigeres als einen Krause, der einem ins Essen quatscht. Glaube mir, ich kenne das. Die schlechte Nachricht: Wenn deine Trulla derart aufs Fressen fixiert ist, hast du im Alltag kaum eine Möglichkeit, sinnvolle Gegenmaßnahmen zu ergreifen. Die gute: Warte einfach, bis ihr im Urlaub seid.
Im Urlaub sind Trulla und Heinz gut gelaunt und lassen fünfe gerade sein. Das ist deine Chance, Ungezogenheiten zu etablieren, die später so gut wie nicht mehr zu korrigieren sind. Zum Beispiel sind Möwenjagen an der See und Karnickelhetzen in den Dünen auf einmal erlaubt. Trulla und Heinz sagen sich, sei's drum, wir sind ja hier in St. Peter-Ording, und wenn Schnecke diesen Ort mit Jagen verknüpft, ist das nicht so schlimm, denn nächstes Jahr fahren wir nicht mehr nach

St. Peter-Ording, sondern nach Kufstein. Dass wir Hunde durchaus in der Lage sind, die Jagd auf die Seemöwe einwandfrei mit der Jagd auf die Gams zu verknüpfen, glauben die nicht. Die denken, wir könnten nicht bis drei zählen. Dabei schaffen sie es selber kaum bis zwei.
Auf jagdlich orientierten Streifzügen fällt gerne die ein oder andere leckere Mahlzeit ab. Sonnengedörrter Frosch, frisch verstorbener Fisch und verweste Krähe sind immer drin, dazu etwas ballaststoffhaltiger Strandhafer. In Kufstein darfst du dich auf abgehangene Gamskutteln mit Tannennadeln freuen. Die Jäger weiden dort gelegentlich vor Ort aus. Schmeckt und macht satt!

Darüber hinaus kannst du beim Camping ohne viel Erziehungsaufwand das Betteln am Tisch wieder etablieren. Du verhedderst dich einfach an der langen Leine im Gestühl und lungerst sabbernd und fiepend unter dem Tisch herum. Um dich wegschicken zu können, müsste jetzt einer aufstehen und deine Leine entknoten. Dazu sind sie alle zu faul. Sie bleiben lieber sitzen und seufzen Sachen wie *Guck mal, die arme Schnecke.* Das ist die halbe Miete. Von da an dauert es nicht lange, bis einer die erste Nudel unter den Tisch fallen lässt. Zwei Minuten, wenn Kinder dabeisitzen; zehn Minuten, wenn es nur Erwachsene sind.
Weiterhin gehen sie achtlos mit dem Müllsack um. Anstatt ihn in die Bäume zu hängen, liegt er auf dem Gelände zu deiner freien Verfügung. Die Kiste mit dem schmutzigen Geschirr steht meistens gleich daneben. Bevor auch nur einer merkt,

dass da was schiefläuft, kannst du in aller Ruhe schon mal vorspülen.
Du hast so viele kulinarische Möglichkeiten, Schnecke, dass es dir völlig wurscht sein kann, ob und wann und wie lange und wie oft dein Futternapf gefüllt wird.

Schöne Ferien
Rottmeier

Allgemeiner Hinweis: Große Hunde liegen unter dem wackeligen Campingtisch und erheben sich erst, wenn dieser vollständig gedeckt ist.

Glaubensfrage

Liebes Fräulein Rottmeier,
für jede von mir gefressene Maus zündet Trulla eine Kerze in der Kirche an.
Hat die sie noch alle?

Wuffiger Gruß, Karlo

Wuffiger Gruß? Für wie blöde hältst du mich eigentlich? Kater werden hier nicht beraten.

Rottmeier

Junkies unter sich

Liebes Fräulein Rottmeier,
das Kommando HIER *wurde mir mit einem Jokerleckerchen antrainiert: Hühnerleber! Ich kann überhaupt nicht anders. Jedes Mal, wenn ich* HIER *höre, läuft mir das Wasser im Mund zusammen, und ich muss wie ferngesteuert umdrehen. Ich fühle mich erniedrigt und unfähig zu zivilem Ungehorsam.*
Bin ich drogensüchtig?

Rosi

Liebe Rosi,
bei mir war es damals gebratene Putenbrust!
Ich habe zwei Wochen lang die Zähne zusammengebissen. Danach war ich clean. Heute kann ich dir sagen: Nichts ist für immer. Nur weil ein Kommando einmal etabliert wurde, heißt das noch lange nicht, dass du es nicht aufheben kannst. Überrasche deinen Heinz! Hör einfach nicht hin! Er wird sich eine Woche lang verwirrt Gedanken machen, nervös zwischen fünf Krauses und drei Internetforen hin und her pendeln und dann das Kommando neu aufbauen. Vielleicht sogar mit Rinderleber! Die ist größer und leckerer. So hast du Abwechslung auf dem Speisezettel.
Falls du noch in der Pubertät bist, so zwischen 12 und 16 Monaten, würde ich dir empfehlen, einfach mal die Kommandos durcheinanderzubringen. Bei *AUS* stellst du dich tot, bei *PLATZ* rennst du weg, bei *LAUT* legst du dich hin, bei *PFUI* machst du Männchen.
In der Pubertät hast du Narrenfreiheit. Heinz und Trulla werden auch den allergrößten Mist, den du baust, mit liebevollem Verständnis quittieren. Denn ihr Krause – da verwette ich ein Pfund Putenbrust – hat ihnen erzählt: *Keine Sorge, das ist die Pubertät. Da hinterfragen sie noch mal alles.*
Hühnerleber verursacht übrigens keine Entzugserscheinungen. Das ist nur bei Turkey der Fall.

Mit zuversichtlichem Gruß
Rottmeier

PS: Das Häufchen gerne auch mal wieder in die Küche setzen. Wenn es ein bisschen flüssig ist, kann man das Malheur prima auf die Überdosis Geflügel schieben.

Handwerkernotruf

saulärm! handwerker im haus!

gruß fly

klau ihnen die brote!

gruß rott

Und wieder ein guter Rat aus dem Hause Rottmeier

»Wenn der Heinz Fleischwurst
in der Schnauze hat und SCHAU sagt,
dann will er, dass du ihm direkt
in die Augen guckst.
Mach das nicht! Schiele immer leicht
vorbei! Sonst hört das mit der Wurst
nämlich sofort auf.«

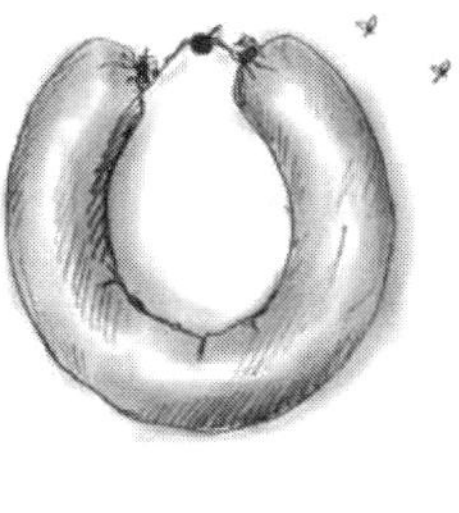

Geschmack ist Glückssache

Liebes Fräulein Rottmeier,
mein Lieblingsessen sind Zahnstocher, Prinzenrolle mit Papier und Plastikfolie, Zahnstocher, Blechdeckel von Essigflaschen, Wäscheklammern ohne Drahtbügel, Zahnstocher, Haarspangen, alle Sorten Holz und, ich weiß nicht, ob ich es schon erwähnt habe, Zahnstocher.

Dein Bruce

Hallo, Bruce,
ich weiß nicht, was für Probleme du hast, aber lade mich bitte nie zum Essen ein.

Gruß
Rottmeier

12. Oktober 2011

DÖRTE?!

Haute Couture

Liebes Fräulein Rottmeier,
muss ich ein rosa Mäntelchen tragen, nur weil ich ein Bologneser bin? Ich sehe völlig bescheuert aus, weiß aber nicht, wie ich mich wehren soll. Das Mäntelchen-Anziehen hat die Scheffin mit Hering verknüpft. Da kann ich nicht widerstehen. Gibt es andere Möglichkeiten? Die im Viertel lachen sich halb tot, wenn ich aus dem Haus trete.

Chantal

Hallo, Chantal,
Punkt eins: Das Wort Scheff kennen wir nicht. Es kann uns ganz egal sein, wer unter unserem Kommando die Führung übernimmt! Ich denke, ich habe mich da klar ausgedrückt. Punkt zwei: Chantal, besinne dich auf deinen inneren Wolf! Denk daran, wie gerne und ausgiebig der sich in fiesem Zeug wälzt. Wenn du dein Mäntelchen also artgerecht loswerden willst und das nächste Mal Fuchs-Aa siehst oder Taubendiarrhö oder ein Häufchen frisch verwesten Frosch, und du hast dieses rosa Plüschding an – rein mit dir! Eine Übersicht über das gängige Sortiment lege ich bei.

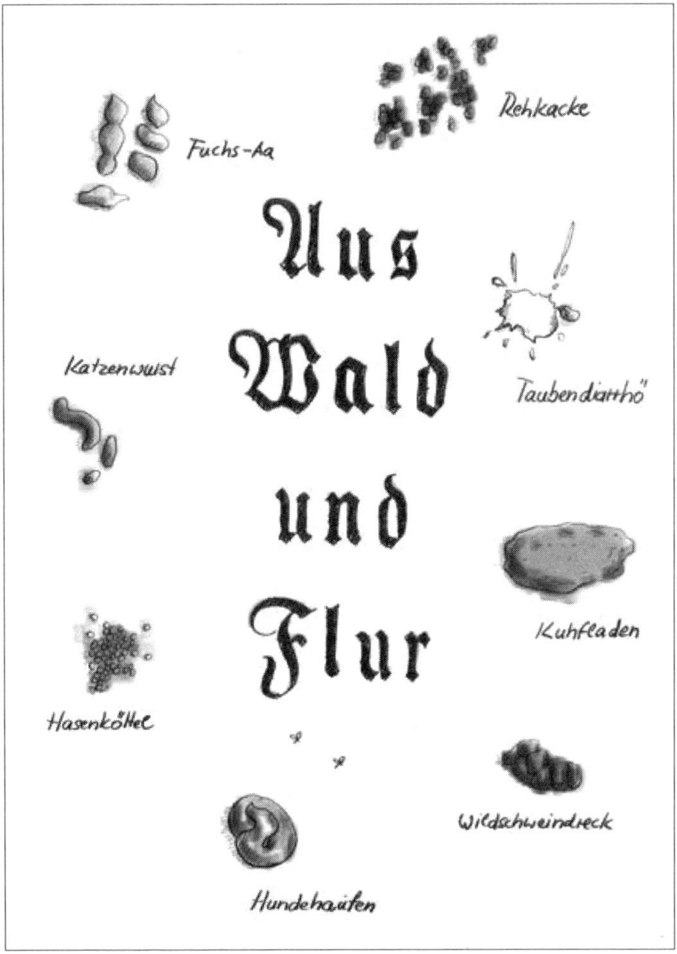

Culinaria naturalis
Infotafel 679/IVa

Punkt drei: Die richtige Technik ist ausschlaggebend. Platziere dein linkes Ohr in dem Stinkhaufen deiner Wahl und setze zu einer spiralförmigen Körperdrehung an. Das Ohr zieht das Material auseinander, Hals, Schulterblatt und Wirbelsäule nehmen es komplett auf. Im Anschluss kannst du das Material durch wiederholtes Wälzen und Winden in Rückenlage vollendet verteilen.
Lass dich durch Trullas Schreie nicht irritieren. Sie wird in einen trommelnden Galopp fallen, um dich da rauszuziehen. Bleib ruhig. Trullas sind lahme Enten. Du hast genug Zeit, um dein rosa Tüdeldüü zu ruinieren.

Gutes Gelingen
Rottmeier

Allgemeiner Hinweis: Beim anschließenden Geduschtwerden laut schreien und strampeln. Duschen ist igitt!

Haute Couture (Erfolgskontrolle)

0170-ROTTMEIER AN CHANTAL
Hallo, wie ist es gelaufen?

CHANTAL AN 0170-ROTTMEIER
Habe mich für Katzenscheiße entschieden. Ganz frisch. LG, Chantal

0170-ROTTMEIER AN CHANTAL
Glückwunsch! Bist du den rosa Fummel los? :o)

CHANTAL AN 0170-ROTTMEIER
Rosa ja, Fummel nein. Trulla kauft jetzt braune. Da sieht man die Flecken nicht. :o((

0170-ROTTMEIER AN CHANTAL
Nimm das nächste Mal grüne Kuhfladen. Kopf hoch, Rottmeier

0170-ROTTMEIER AN CHANTAL
Oder Wild! Mein Freund Paule schwört auf madiges, halb verwestes Reh.

0170-ROTTMEIER AN CHANTAL

Oder Erbrochenes!

CHANTAL AN 0170-ROTTMEIER

Interessant. Was für Erbrochenes?

0170-ROTTMEIER AN CHANTAL

Indonesische Reistafel mit Meeresfrüchten.

Fräulein Rottmeiers Drei-Sterne-Küche

Rottmeiers praktische Lebenshilfe

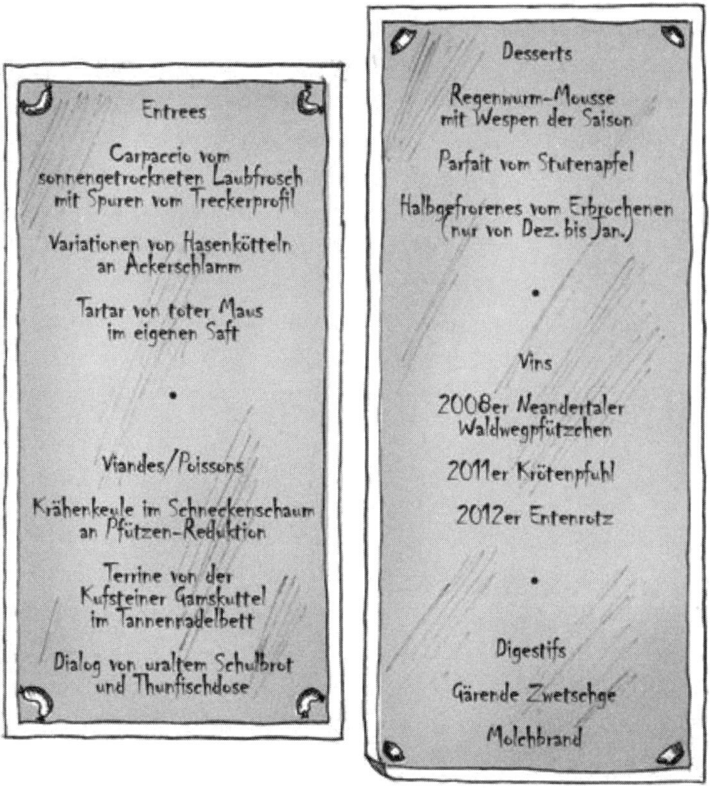

Kapitel 4

Liebe und anderes Rüdenzeugs

»Herrchen will nur spielen.«
Rottmeier

Männerprobleme

Liebes Fräulein Rottmeier,
bin ich mit zehn Monaten schon ein richtiger Rüde? Muss ich jetzt immer breitbeinig meine Runden drehen? Wie Sabber-Günter von nebenan? Mich wegen jedem Pups aufblasen? Jedem Halb- und Vollweib hinterherrennen? Blind und taub werden, nur weil vor zwei Stunden irgendeine Emma, Fibi, Daphne denselben Weg genommen hat? Glauben wir alle, dass Frauen in Wirklichkeit JA *meinen, wenn sie* NEIN *sagen? Was zum Henker soll dieses alberne akrobatische Wasserlassen? Muss mein Kopf beim Strullern jedes Mal so hyperaktiv hin- und herpendeln, dass ich in einem Streukreis von ein Meter zwanzig alles einnässe? Auch meine eigenen Vorderpfoten? Muss ich diese Pfoten unbedingt stehen lassen, selbst wenn es da warm wird bis zum Knie hoch? Muss ich so streng riechen? Was hat es mit diesem Kunstkacken auf sich? Recken wir alle den Poppes so hoch, bis der Haufen oben auf dem Eiffelturm platziert werden kann? Denken wir alle, wir sind King of Currywurst im Viertel? Jagen wir alle Rockzipfel? Gucken wir drunter? Rülpsen wir? Schäumen wir? Klappern wir mit den Zähnen? Bewachen wir Kotze? Knacken wir Wespen, Hummeln, Hornissen, Bienen? Klauen wir Butter? Kauen wir Kronkorken?*

Dein verunsicherter Willi

Ja!

Rottmeier

Spritze vs. Dödel

Liebes Fräulein Rottmeier,
neuerdings tröpfelt mein Heinz auf unseren Hunderunden mit einer Einwegspritze herum. Da ist, du glaubst es nicht, EIGENURIN drin!! Ja, hallo, geht's noch?

Mit freundlichen Grüßen
Leo

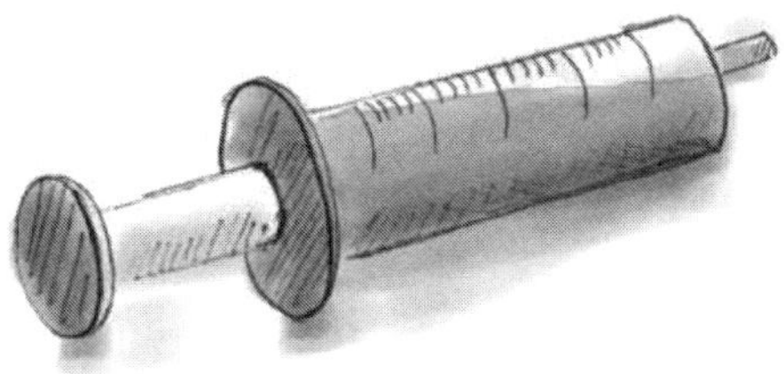

Lieber Leo,
es hat den Anschein, als wäre dein Heinz bei einem mittelalterlichen Dominanz-Krause gelandet. Der hat ihm geraten, jedes Mal über deine Markierungen zu pieseln. Soweit ich weiß, wurde diese Alpha-Technik neunzehnhundertdings von Arndt Moritz Bums erfunden und funktioniert bis heute nicht. Mach dir keinen Kopf. Die Phase geht vorbei. Es ist momentan nur wichtig, dass du ausreichend Flüssigkeit zu dir nimmst. Damit hast du immer mehr auf Lager als die rattige Spritze. Wer zuletzt markiert, markiert am besten!

Gruß
Rottmeier

Joachim-Orgel

Sehr geehrtes Fräulein Rottmeier,
ich möchte von Grashalmen keinen Damenurin aufnehmen, um zähneklappernd die Joachim-Orgel zu stimulieren. Das ist pfui. Können Sie Auswege bieten?

Mit freundlichen Grüßen
Randalf vom Heiligensprung

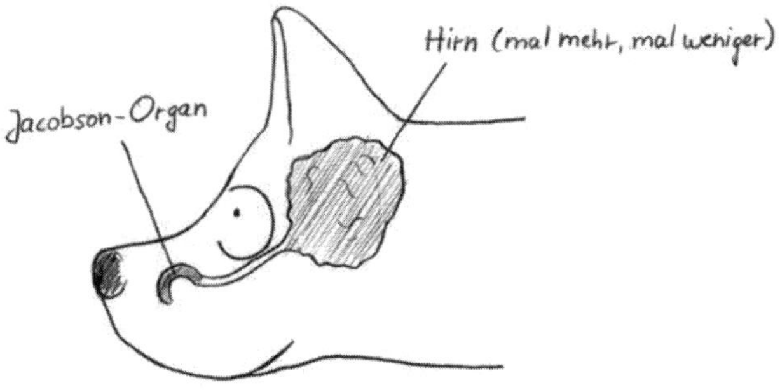

Es heißt Jacobson-Organ, du Waschlappen! Klar gibt es einen Ausweg. Lass dir den Dödel wolfen! Lass dich kastrieren und einmotten, hinter den Mond schießen, in Beton gießen, im Hafenbecken versenken, in Formaldehyd ausstellen, in Watte beerdigen, in die Sülze stopfen!!!

Hochachtungsvoll
Eine Dame

Kackbratze

Fräulein Rottmeier,
neulich habe ich, ähm, versehentlich den Rüden der Nachbarin angepisst. Weil er meine derzeitige Flamme saublöd angemacht hat. Daraufhin hat die Trulla vom Rüden wie irre gezetert, und nach ein paar Minuten hat mein Heinz Kackbratze *zu ihr gesagt. Ist Heinz aggressiv?*

Arko

Nein, der will nur spielen.

Rottmeier

Donnerhemd

Liebes Fräulein Rottmeier,
die Mädels im Viertel sind momentan alle heiß wie die Hochöfen, und ich sehe scheiße aus! Trulla wickelt mich neuerdings in einen sackdoofen Lappen mit Klettverschlüssen. Er ist warm. Er ist eng. Er ist beknackt. Zehntausende von uns sollen ihn schon tragen. Aber ich habe noch keinen Einzigen gesehen.
Hilfe!

Bert

Bert,
könnte es sein, dass die Trulla wieder Shopping-Kanal geguckt hat?! Könnte es weiterhin sein, dass wir neulich intensiv darüber gesprochen haben, wie man Fernbedienungen zerkaut und im Garten vergräbt?! Hat es ein gewisser Herr nicht nötig gehabt zuzuhören?!

Was du da trägst, Monsieur Krautwickel, ist kein Lappen, sondern ein Donnerhemd. Unsere amerikanischen Kollegen sagen *Thundershirt* dazu. Es ist so ein typisches »O my God, Jeff, that's unbelievable!!!«-Produkt. Ein Heinz namens Jeff und eine Trulla namens Myra stehen dekorativ vor der Shopping-Kanal-Kamera und quetschen Obst oder hobeln Hornhaut oder heimwerken mit Multitools oder wickeln – wie in unserem Fall – bellende Hunde so lange in Donnerhemden, bis die vor lauter Verblüffung nicht mehr bellen, und alle fünf Minuten heult Myra vor lauter Begeisterung: »O my God, Jeff, that's unbelievable!«

Die Mär geht um, diese Leibchen hülfen bei Angst vor Gewitter, Feuerwerk, Trennung, Reise und Transportbox. Außerdem beseitigen sie angeblich unerwünschtes Bellen, Hyperaktivität, Leinenzerren und besucherorientiertes Ausflippen, ohne dass Trulla und Heinz einen Handschlag tun müssen. Vermutlich sind sie auch gut gegen Zahnweh, Zecken und provozierende Kater. Ich denke, den einzigen Job, den die Donnerhemden zuverlässig und gut erledigen, ist, die Brieftasche ihres Herstellers zu füllen.

Donnerhemden sind waschbar. Aber was heißt das schon! Frag mal Chantal, wie sie ihr rosa Tüdeldüü losgeworden ist. Und hör wenigstens einmal im Leben gut zu! Mahlzeit!

Rottmeier

Trulla ist trächtig

Liebes Fräulein Rottmeier,
meine Trulla kriegt Junge. Ich freue mich sehr darüber, auch wenn ich nicht so richtig weiß, wie ich damit umgehen soll. Das habe ich auch im Forum Zweibeinerhaltung *gepostet. Aber du kennst das ja. Die ZBH-Foris haben beim Thema Aufzucht und Erziehung die Weisheit mit Löffeln gefressen und machen mich jetzt alle fertig. Sie behaupten, ich sei ein Vermehrer!!*
Kannst du dich bitte einmischen? Ich weiß nicht mehr weiter. Danke.

Deine Tracy

Liebe Tracy,
würde ich ja gerne. Aber der Thread ist gerade geschlossen worden.

Rottmeier

FORUM ZWEIBEINERHALTUNG > BABYS & JUGENDLICHE > HURRA, TRULLA IST TRÄCHTIG :O)

Heute 09:38 Tracy #01

Meine Trulla und ihr Heinz kriegen Junge. Ich freu mich so! Ich finde, die sollten auch mal Welpen haben. Liebe Grüße Tracy

FORUM ZWEIBEINERHALTUNG > BABYS & JUGENDLICHE > HURRA, TRULLA IST TRÄCHTIG :O)

Heute 09:40 Paula #02

Wie jetzt? Züchtest du? In welchem Verband? Wenn das nur ein Unfallwurf ist, finde ich das so was von verantwortungslos von dir. Du bist ein Vermehrer, nix anderes!!!

FORUM ZWEIBEINERHALTUNG > BABYS & JUGENDLICHE > HURRA, TRULLA IST TRÄCHTIG :O)

Heute 09:42 Waldo #03

Hi, haben deine Zweibeiner Papiere? Wo hast du die her?

FORUM ZWEIBEINERHALTUNG > BABYS & JUGENDLICHE > HURRA, TRULLA IST TRÄCHTIG :O)

Heute 09:56 Tracy #04

Klar haben die Papiere. Ganze Körbe voll, in fast jedem Zimmer. Ich habe mir die beiden im Tierheim ausgesucht. Die sahen sportlich aus und sehr sauber, und sie funktionieren auch gut im Freilauf. Was ist denn dabei? Die können doch ihren Spaß haben.

FORUM ZWEIBEINERHALTUNG > BABYS & JUGENDLICHE > HURRA, TRULLA IST TRÄCHTIG :O)

Heute 10:23 Attila von Weimar #05

Papierkörbe, gute Güte! Es geht um Geburtsurkunden, Frau Ahnungslos. Am besten nur mit Adel züchten. Die quengeln nicht, wenn sie auf die Welt kommen, und werden gleich mit dem Kindermädchen weggesperrt. Mit sechs kommen sie ins Internat und tauchen erst mit Abi wieder auf. Das macht Sinn. Aber bitte nicht mit Krethi und Plethi Unfallwürfe produzieren. Die Blagen plärren die Bude voll, und du bist das fünfte Rad am Wagen. Habe die Ehre. Attila

FORUM ZWEIBEINERHALTUNG > BABYS & JUGENDLICHE > HURRA, TRULLA IST TRÄCHTIG :O)

Heute 10:45 Gero #06

Sind Trulla und Heinz überhaupt geimpft?

FORUM ZWEIBEINERHALTUNG > BABYS & JUGENDLICHE > HURRA, TRULLA IST TRÄCHTIG :O)

Heute 10:52 Daphne #07

Wohl noch nie was von Verhütung gehört, was?

FORUM ZWEIBEINERHALTUNG > BABYS & JUGENDLICHE > HURRA, TRULLA IST TRÄCHTIG :O)

Heute 10:55 Tracy #08

Nein, wie soll das gehen?

FORUM ZWEIBEINERHALTUNG > BABYS & JUGENDLICHE > HURRA, TRULLA IST TRÄCHTIG :O)

Heute 11:01 Daphne #09

O Mann, das liebe ich. Es gibt ja nun wirklich genug Fachliteratur zum Thema. Das Wichtigste: Stören, wo man kann! Du musst einfach warten, bis dieses typische Gestöhne zu hören ist. Dann springst du volle Kanne dazwischen. Schon sind sie abgetörnt. Oder wenn sie mittendrin sind, Wasser schlürfen und mit triefnasser Schnauze unter die Bettdecke.

FORUM ZWEIBEINERHALTUNG > BABYS & JUGENDLICHE > HURRA, TRULLA IST TRÄCHTIG :O)

Heute 11:14 Gero #10

In Notfällen wie diesen plädiere ich ausnahmsweise dafür, mit Katzen gemeinsame Sache zu machen. Meistens haben Trullas und ihre Heinze ja nichts an, wenn sie's machen. Die Katze durchs Haus jagen und dann mit vollem Speed durch die Betten und über die nackten Rücken. Der Kater von meinem Kumpel Kalle legt auf Heinzens Arsch immer eine saubere Vollbremsung hin. Alle Krallen draußen!

FORUM ZWEIBEINERHALTUNG > BABYS & JUGENDLICHE > HURRA, TRULLA IST TRÄCHTIG :O)

Heute 11:23 Daphne #11

Man muss eben bei der Zweibeinerverhütung seine Fantasie ein bisschen spielen lassen. Aber so, wie ich dich kenne, Tracy, hast du denen wahrscheinlich auch noch ein Kerzchen hingestellt!!!

FORUM ZWEIBEINERHALTUNG > BABYS & JUGENDLICHE > HURRA, TRULLA IST TRÄCHTIG :O)

Heute 11:30 Gero #12

Kalles Kater sagt, danach geht bei den beiden gar nichts mehr.

FORUM ZWEIBEINERHALTUNG > BABYS & JUGENDLICHE > HURRA, TRULLA IST TRÄCHTIG :O)

Heute 11:40 zypernbabys #13

Es gibt wirklich genug Kinder in Heimen, die ein Zuhause suchen. Die sind zwar nicht sonderlich erzogen, und manchmal holt man sich eine Wundertüte ins Haus. Aber trotzdem! Hier mal ein Link zu zypernbabys.info. Einfach runterscrollen und auf »Pickelbubis« klicken.

FORUM ZWEIBEINERHALTUNG > BABYS & JUGENDLICHE > HURRA, TRULLA IST TRÄCHTIG :O)

Heute 11:45 Paula #14

Genau, Tracy, du Vermehrer!!! Dein Verhalten ist das Letzte. Dass du es nicht besser weißt, entschuldigt nichts! Gar nichts. Paula noch mal

FORUM ZWEIBEINERHALTUNG > BABYS & JUGENDLICHE > HURRA, TRULLA IST TRÄCHTIG :O)

Heute 11:49 admin #15

Bitte beim Thema bleiben. Keine Beleidigungen! Sonst wird der Thread geschlossen. Der Admin

FORUM ZWEIBEINERHALTUNG > BABYS & JUGENDLICHE > HURRA, TRULLA IST TRÄCHTIG :O)

Heute 12:42 notfalljugendliche #16

Man wird ja wohl noch sagen dürfen, was man denkt. Natürlich ist Tracy ein Vermehrer, was denn sonst. Den Link kannst du dir im Übrigen sparen, zypernbabys! Ihr macht miese Geschäfte mit Spätpubertierenden, die ihr als Kleinkinder deklariert habt. Und eure Transporte sind unter aller Sau.

FORUM ZWEIBEINERHALTUNG > BABYS & JUGENDLICHE > HURRA, TRULLA IST TRÄCHTIG :O)

Heute 13:05 zypernbabys #17

@notfalljugendliche

Ich glaube, ich spinne. Wessen Bus wurde denn an der Grenze gestoppt, weil alle angeblichen Jugendlichen bereits über 35 waren? Außerdem wird auf unseren Transporten im Gegensatz zu euren weder gekifft noch gesoffen. Arschlöcher! Gruß zypernbabys

FORUM ZWEIBEINERHALTUNG > BABYS & JUGENDLICHE > HURRA, TRULLA IST TRÄCHTIG :O)

Heute 13:10 notfalljugendliche #18

Dieser Kommentar entsprach nicht den AGB des Forums Zweibeinerhaltung.

FORUM ZWEIBEINERHALTUNG > BABYS & JUGENDLICHE > HURRA, TRULLA IST TRÄCHTIG :O)

Heute 13:20 admin #19

Thread geschlossen.

Impfschaden

Liebes Fräulein Rottmeier,
mein Tierarzt wird mich morgen piksen.
Aua!

Prinz

Lieber Prinz,
piesel ihm in die Heizung. Daran wird er lange Freude haben.

Gruß
Rottmeier

Und wieder ein guter Rat aus dem Hause Rottmeier

»Männer!
Die beste Versicherung gegen perfekten Gehorsam ist, keine Leckerchen zu mögen. Am besten also, ihr verschmäht das Zeug oder reagiert nur auf exotische Köstlichkeiten wie angegammelte Antilopentestikel, die sich keine normale Trulla in die Hosentasche packen möchte, und Heinz schon mal gar nicht.«

Dackelgeschwader Mettmann

Liebes Fräulein Rottmeier,
ich bin ein 50 Kilo schwerer Rottweiler. Die Einzigen, die mir Respekt einflößen, sind Rauhaardackel. Bin ich eine Memme?

Dein Brutus

Lieber Brutus,
geht mir genauso!
Rauhaardackel wirken ja nur äußerlich klein. In Wirklichkeit sind sie riesig. Wiegen nur fünf Pfund, stampfen aber mit ihren krummen Beinen und dem breiten Brustraus daher wie 150-Pfünder. Geh ihnen aus dem Weg, wenn du keinen Ärger haben willst. Und bei Frontalbegegnungen immer schön beiseiteblicken!

Gruß
Rottmeier

Fliegende Hitze

OTTO AN 0170-ROTTMEIER
Luzi ist heiß. Habe mühselig Löcher unterm Zaun gegraben. Scheffs haben sie wieder verstopft. Was tun? Es eilt! Otto

0170-ROTTMEIER AN OTTO
Scheffs???

OTTO AN 0170-ROTTMEIER
Sorry. Heinz und Trulla.

0170-ROTTMEIER AN OTTO
Na also, geht doch. Staketenzäune?

OTTO AN 0170-ROTTMEIER
Ja. Kastanie.

0170-ROTTMEIER AN OTTO
Bitte exakte Maße durchgeben!

OTTO AN 0170-ROTTMEIER
92–63–91. Zaun – Otto – Zaun.

0170-ROTTMEIER AN OTTO
Perfekt. Spring drüber!

OTTO AN 0170-ROTTMEIER
Das ist aber hoch.

0170-ROTTMEIER AN OTTO
Sollen wir dich in der Sänfte zum Poppen tragen? Frauen wollen erobert werden.

OTTO AN 0170-ROTTMEIER
Und spitz! Ich könnte mit meinem, äh, Dings, hängen bleiben!

0170-ROTTMEIER AN OTTO
Echte Rüden sind spitzer als Zäune.

Verknallt

Liebes Fräulein Rottmeier,
kleines Update zur Lage der Nation. Freia und ich haben uns im Wald hinter dem Haus so gründlich in Bäumen, Büschen und Bänken verknotet, dass die Trulla den Heinz anrufen musste. Der ist dann mit dem Fichtenmoped aufgetaucht und hat uns aus dem Knotenknäuel herausgesägt. Seither sind wir unsere Schleppleinen los!
Als Erstes habe ich natürlich diesem rotzfrechen Winzling, der mich seit Monaten nervt, ordentlich die Meinung gegeigt. Wollte ich zumindest. Aber dann guckt die mich plötzlich so an und … mannomann, Fräulein Rottmeier, Dörte hat mich echt umgehauen! Was für ein Feger. Ich glaube, so verknallt war ich noch nie. Ich soll auch schön grüßen.

Alles Gute und danke noch mal
Dein Thor

PS: Freia hat was mit einem Mops angefangen, der so ein albernes Leibchen trägt. Bert ist in Ordnung, aber er sieht halt unheimlich beknackt aus.

Hallo,
euch kann man auch keine fünf Minuten alleine lassen.

Rottmeier

Rottmeiers praktische Lebenshilfe

»Ich hab die Rute schön!« In 7 Schritten vom Loser zum Burner

01 Mental vorbereiten

Hör zu, Rüde! Du legst keine Weiber flach, nur weil du Bienen kaust. Dazu gehört mehr. Fortpflanzung ist kein Zuckerschlecken. Hier ist dein Mantra für den Weg zur Hundewiese: »Ich will es! Ich will es! Ich will es!«

02 Tadellos aussehen

Du bist schön! Schön bedeutet: struppiger Draufgänger, nicht frisch geföhnter Wuffipuff. Wer frisch vom Friseur kommt, wälzt sich vor dem Date im Staub. Staubiges Fell signalisiert: »20 schmutzige Kilometer nur wegen dir!«

03 Verführerisch riechen

In der Standhitze sind Hündinnen empfindlich, was schlechte Gerüche angeht. Wenn du geduscht (Gartenschlauch) oder gebadet (Baggersee) aufschlägst, darfst du dich nicht wundern, wenn die Angebetete vor Ekel erbricht. Bevorzugte Düfte in dieser Saison: Bullshit von JAPS, Fish for men und Cat Crap Paradise.

04 Kopf freimachen
Zu viel Denken schadet der Beziehung. Außerdem soll dein Blut nicht in die Birne, sondern hinten unten hin. Also: alle Kommandos auf der Stelle vergessen, Heinz und Trulla nicht mehr kennen, Abbruchsignale nullen!

05 Mordsmäßig auftreten
Entscheidend ist nicht deine äußere Größe, sondern die innere (vgl. Rauhaardackel). Brust breit. Schritt breit. Ohren senkrecht. Rute oben. Hast du keine mehr, trägst du sie trotzdem oben. Das geht! Du musst nur fest daran glauben.

06 Welle machen
Bei Sex hört die Freundschaft auf. Kerle, die von deinem mordsmäßigen Auftritt (05) noch nicht beeindruckt sind, werden ohne Fisimatenten zur Rede gestellt. Direkt ins Gesicht springen ist erlaubt. Bei zwei gegen einen gilt rechts vor links.

07 Sicher abschleppen
Triffst du auf eine Zicke mit Testosteron-Überschuss, Ohren anlegen! Anmache, die immer funktioniert: »Kommste noch auf einen Ochsenziemer mit rein?« Anmache, die nie funktioniert: »Darf ich dir meine Beißwurst-Sammlung zeigen?«

Das erste Nachwort

(für Wiki, Paule, Benny und all die anderen)

Ein bahnbrechendes Werk wie dieser unglaublich wertvolle, großformatige, verschwenderisch illustrierte Ratgeber ist ohne fremde Unterstützung kaum zu realisieren. Deshalb möchte ich an dieser Stelle einen gepflegten Dank aussprechen:

An Nathalie Brink für die einfühlsamen Zeichnungen. Nächstes Mal bitte etwas mehr Fleisch- und Wurstwaren in den Abbildungen!

An Michael Frey Dodillet für das Entschlüsseln und Abtippen meiner Korrespondenz. Nächstes Mal bitte fehlerfrei! Wir sind hier nicht in der Werbung.

An Birgit Adler-Adolph für Krause-Standpunkte und Krause-Tipps. Nächstes Mal bitte etwas mehr Respekt und weniger blöde Bemerkungen, wenn mir bei der Hausleinenhandhabung die Ideen ausgehen.

An meine Agenten Petra Eggers und Daniel Mursa für die würdige Vertretung meiner Anliegen. Nächstes Mal bitte 1250 Seiten im Format 98 x 172 Zentimeter aushandeln inklusive Dachsledereinband, Katzengoldprägung und einem Lesebändchen aus geräuchertem Ochsenziemer.

An meine Lektorin Heike Plauert und meinen Heyne Verlag für ihren Todesmut. Sie lassen sich nun schon zum zweiten Mal auf ein aufmüpfiges Hundeprojekt ein, das von einer emotionsflexibel veranlagten Andersbefähigten geleitet wird.

An meinen engsten Freund Wiki für die kreativen Tipps in der Endphase der Hausleinenhandhabung.

An meinen griechischen Freund Paule für Wälztechniken in madigem, verwestem Reh auf schlammigen Untergründen.

An meinen rumänischen Freund Benny für die Anregungen zum effizienten Rumliegen in schmalen Durchgängen.

An alle Hovis aus meiner samstäglichen Hovi-Truppe für ihren serienmäßig eingebauten Gehorsamsretarder: »Wie HIER? Ich soll jetzt umdrehen und kommen? Das kann doch nicht dein Ernst sein!«

Habt ganz herzlichen Dank für eure Hilfe.
Bleibt aufmüpfig! Das Leben ist schön.

Gruß
Rottmeier

Das letzte Nachwort

(für Heinz und Trulla)

Ihr habt dieses Buch tapfer zu Ende gelesen, obwohl ihr ordentlich eins auf die Mütze kriegt. Dafür danke ich euch im Namen eurer Hunde. Dafür und für alles andere. Dafür, dass ihr morgens um fünf mit uns aufsteht, euch ohne Schirm bis auf die Knochen nassregnen lasst und auch sonst ohne mit der Wimper zu zucken jeden Schmarrn mitmacht.

Ihr tragt wegen uns die albernsten Klamotten und habt Sachen in den Taschen, die andere Leute nicht mal mit der Kneifzange anfassen würden. Ihr versucht mit Vollidioten gut auszukommen, nur weil sie die Halter unserer besten Kumpels sind. Ihr fischt jedes Stockhaar einzeln von der Couch und steckt es in den Staubsauger. Ihr fahrt miefende Autos und jedem über den Mund, der sich darüber beklagt. Ihr lasst euch jeden Samstag von Krause die Leviten lesen und bezahlt auch noch Geld dafür. Wenn ihr euch den Arm gebrochen habt und in euer Handy guckt, findet ihr die Adressen von sieben Tierärzten, aber keine vom nächsten Krankenhaus.

Ihr stellt euch in die Küche und bereitet traumhaftes Essen zu. Ihr wolft ganze Rinderhälften, portioniert sie und tütet sie ein. Ihr bevorratet euch mit unaussprechlichen Innereien und schleppt Futtersäcke ohne Rücksicht auf eure Gesundheit 27 Treppen hoch. Es macht euch überhaupt nichts aus, dass wir die Scheffs sind, obwohl ihr doch so gerne Scheffs wärt.

Ihr macht euch in der Öffentlichkeit zum Affen für uns, und

es ist euch egal, ob einer zusieht. Ihr werft Bälle, versteckt Dummys, legt Fährten, radelt, joggt und rennt, und wenn uns mal nicht so wohl ist, weil wir uns den Magen verdorben haben, googelt ihr die halbe Nacht. Während wir ausbüxen und völlig egoistisch unserem Spaß nachgehen, sitzt ihr zu Hause und sterbt fast vor Kummer. Wenn wir zurückkommen, seid ihr da.
Ihr seid total verrückt und unbezahlbar.
Dafür lieben wir euch!

Macht's gut!
Euer Fräulein Rottmeier

Michael Frey Dodillet, geboren 1961 in Singen am Hohentwiel, ist seit Abschluss seines Studiums der Betriebswirtschaftslehre für diverse Agenturen in Düsseldorf, Hamburg, München und in der Schweiz als Werbetexter tätig. 2011 erschien sein Bestseller *Herrchenjahre*. Mit seiner Frau, drei Kindern, dem Schäferhundpumakängurumischling Luna und dem Münsterländer Nasenflummimix Wiki lebt er in Erkrath bei Düsseldorf. Zum Haushalt gehören noch zwei Schafe, einige Kaninchen sowie ein nicht erwünschter Steinmarder unterm Dach.

Nathalie Brink, geboren 1967 in Polch, studierte Grafik-Design in Dortmund und arbeitet als freie Art Directorin und Illustratorin. Nach lärmerfüllten Jahren in Werbemetropolen, in denen sie unter anderem für einen namhaften Musiksender Barbies mit Betonschuhen in Aquarien versenkte, erfolgte prompt die Flucht zurück aufs Land. Heute lebt sie mit Mann, Kind, vier Katzen, dem rumänischen Lassmichbloßpennenmix Benny und dem griechischen Ichwälzmichinallemmischling Paule am Rande der Eifel.

Birne leer

Liebes Fräulein Rottenmüller,
wenn sie heiß sind, vergesse ich alles. Die Birne ist wie leergefegt. Trulla weg, Heinz weg, alle Kommandos weg. Ich kann mich nicht mal erinnern, wo der Napf steht und … Mist! Jetzt habe ich vergessen, was ich fragen wollte.

Lieben Dings
Dein … äh …

Liebe Gemeinde,
kennt jemand zufällig einen … äh …?
Kurze Info an mich.

Danke
Rottmeier